KB130918

최임순 소설집

서해 먼 섬

청어

서
해
먼
섬

작가의 말

글자를 읽어야 사는 것 같다는 느낌이 들었다. 글씨를 끄적이면 허무하지 않았다. 글자가 세상을 이루는 근본이라고 생각했다. 내가 왜 그랬을까. 곰곰 따져 보았더니 돌아가신 아버지가 생각났다. 학교에 들어가기 전부터 아버지의 명령으로 날마다 글자를 한 바닥씩 써야 했다. 아버지가 내민 종이는 넓었다. 그 종이를 무조건 글자로 채워 넣어야 했다. 교과서를 베끼기도 하고 아무렇게나 글자를 나열해서 문장을 만들기도 했다. 아버지는 저녁마다 숙제를 검사했다. 그때만 아버지가 무서웠다.

이런 일은 일어나면 안 되는 거잖아? 이웃 어른이 억울한 일을 당했다. 그 일을 세상에 알려서 바로잡아야 한다고 생각했다. 초등학생이었던 나는 그 사건을 공책에 낱낱이 기록했다. 이사를 하면서 공책을 잃어버렸다. 어른이 되어서 또 다른 불행한 사건을 보았다. 전동 타자기로 그 일을 기록했다. 그 글은 세상에 알려졌다. 그들이 반성을 하고, 세상이 바뀔 거라고 생각했다. 그런데 그들은 오히려 나를 공격했다. 떼로 몰려와서 나를 비난했다. 한 차례 지나가는 소낙비쯤으로 여겼어야 했다.

문학은 내게 어울리는 장르가 아니라고 생각했다. 그러나 세상을 고치고 싶은 바람은 여전했다. 기사를 쓰는 사람이 되었으면 좋았을 거라는 생각이 들었다. 기사문 쓰기는 내 기질과 성격과도 썩 어울릴 것 같았다. 만약 기자가 되었더라면 괜찮은 기사를 많이 쓸 수 있을 거라고 확신했다. 그렇지만 세상을 자꾸 살아 보니까 기자가 안 된 게 천만다행이라는 생각이 드는 것이었다. 기자가 되었더라면 굉장히 후회했을 것이다. 기자도 마음대로 기사를 쓸 수 없는 것이다.

마음은 파도치는 물결과 같다고 한다. 물결이 출렁일 때는 어떤 것도 제대로 보이지 않는다. 직장에서 뒤늦게 물러나 주위가 고요해지면서 비로소 번잡스런 세상과 휘청거리고 있는 자신의 모습이 오롯이 드러나기 시작했다. 내가 바꾸어야 할 세상도 나를 공격하는 사람들도 이미 없었다. 오래전 나를 잊어버렸을 이들을 나 혼자 붙잡고 싸우고 있었다는 것도 알았다. 내가 바보였구나, 중얼거리고는 지난날들을 몽땅 훌훌 털어버리려 애를 썼다. 내 안에 고여 있던 많은 것들을 흘려보냈다. 그런데 글쓰기는 여운처럼 남아 나를 떠나지 않았다.

글자는 아직도 나에게 사는 것 같은 기분을 느끼게 해 주는 도구이다. 일찍 접었던 글쓰기에 다가가 두 번째 소설집을 내게 되었다. 세상에 내놓을 만한 글인가에 대해서는 여전히 자신이 없다. 소설이라는 이름 앞에서는 더욱 그렇다. 글쓰기로 돌아갈 수 있게 해 준 지인들에게 감사하다는 말을 전하고 싶다. 어려운 일이 있을 때마다 따뜻한 손길을 내밀어 준 아우에게 고맙다. 다시 소설집을 낼 수 있게 되었을 때 또 하나 기뻐할 이유는 그것이었다. 아우들에게 고맙다.

2023년 여름날 최임순

차례

위험한 수업

겨울밤은 깊어져 가고 있었다. 운전 요원은 조금 나이가 들어 보였고 뒷자리에서 나를 돌보고 있는 구급대원들은 젊어 보였는데 둘 중에서 더 나이가 어려 보이는 구급대원의 얼굴에는 진심으로 나를 걱정하는 빛이 역력했다. 구급차에 오르자마자 내게 산소마스크부터 씌웠는데도 산소포화도가 점점 떨어지고 있다고 했다. 구급차는 불 꺼진 동네 마트 주차장에 머무르고 있었다. 나를 인계할 병원을 찾지 못했기 때문이었다. 남편은 아파트에서 조금 떨어진 마트를 주소지로 119구급차를 요청했다. 아파트로 구급차가 들어온다면 내가 확진자라는 사실이 드러날지도 모를 일이었다. 주민들은 동요할 테고 같은 엘리베이터를 이용하는 이들은 한동안 감염에 대한 공포를 떨칠 수 없을 것이다. 병상을 구하지 못해 여기저기 분주하게 전화를 하면서도 나이 어린 구급대원은 산소가 제대로 공급이 되는지 점검을 하느라 내 곁을 맴돌았다. 나는 그에게 미안해요, 정말 미안해요, 하고 말했는데 함께 구급차에 탄 남편이 혹시 대원들을 감염시킬 수 있으니까 말을 하지 말라고 했다. 구급차는 좀체 출발하지 못하고 있었다. 한 시간 넘게 전화를 한 끝에 겨우 자리가 하나 나왔다고 했다. 여기서 먼 곳인데 가시겠어요? 나이 어린 구급대원이 물었고 남편은 당연히 가야지요, 하고 대답했다.

확진자 폭증으로 병상을 구하기 어렵다는 것은 뉴스를 통해 알고 있었다. 환자들이 재택 대기 중에 사망하기도 하고, 이송 중에나 응급실 밖에서 죽어가는 심각한 상황이 벌어지고 있었다. 밤거리를 한참 달려서 병원 응급실 앞에 도착했지만 나는 여전히 구급차 안에서 대기해야 했다. 혹시 선생님보다 더 연세가 많으신 환자가 오게 되면 못 들어갈 수도 있대요, 나이 어린 구급대원이 망설이듯 조심스럽게 말을 꺼냈다. 불이 환하게 켜진 응급실 앞에는 여러 대의 구급차가 서 있고 구급대원들이 서성이고 있었다. 자정을 넘기고 나서야 나는 이동침대에 실리고 응급실 안으로 들어섰다. 나이 어린 구급대원은 의사에게 나를 인계하고 나서도 한참이나 근심스레 나를 지켜보았다.

병원을 나가면 살뜰하게 나를 보살펴 준 그 순진하고 맑은 얼굴의 구급대원에게 고마웠다는 인사를 반드시 전하리라 마음을 먹었다. 그러나 나는 곧 그 젊은이에게 감사의 인사를 전할 수 없을지도 모르겠다는 생각을 하게 되었다. 느닷없이 쏟아진 의사의 질문 때문이었다. 사전연명치료 의향서 같은 거 쓰셨습니까? 이맛살을 잔뜩 찌푸린 의사가 추궁하듯 물었다. 남편의 얼굴이 흙빛으로 변하면서 그러기에는 아직 너무 젊어서, 하고는 말을 잇지 못했다. 그러면 연명치료를 하실 거예요? 의사의 질문에 남편은 대답을 하지 못했다. 인공호흡기를 착용할 거예요? 의사는 남편을 다그쳤다. 생명 유지 장치를 할 거냐고요? 의사가 목소리를 높였다. 남편은 여전히 답을 하지 못하고 있었다. 산소호흡기를 달고 연명치료를 하실 거냐고요? 간호사인지 의사인지 알 수 없는 여자가 다시 물었다. 상황이 급박하다는 것을 겨우 깨달은 사람처럼 남편이 고함치듯 말했다. 끝까지 갑니다, 끝까지 치료할 겁니다. 모든 게 순식간에 벌어진 일처럼 느껴졌다. 내가 죽다니, 아무리 코로나에 걸렸다고 해도, 열이 오르고 숨이 찰 뿐인데, 의사가 지나치게 앞서간다는 생각이 들면서도 와락 겁이 나는 것이었다. 나는 젊은 나이는 아니지만 그렇다고 아직 죽음을 생각해야 하는 나이도 아니었다. 물론 죽음에 나이는 필수 항목이 아니지만 말이다.

그 강의실에서 나는 가장 나이가 많은 학생이었다. 그 강의실에는 나이가 많은 이들이 꽤 있었는데 그중에서도 내가 제일 연장자였다. 수강생들이 돌아가면서 자기소개를 할 때 여러분에게 희망을 드릴게요, 하면서 내 나이부터 밝혔는데 기대했던 대로 나이 많은 이들이 와, 환호하면서 기뻐하는 것이었다. 강사는 이 공부를 하는데 나이는 문제가 되지 않는다며 죽을 때까지 공부를 놓지 말아야 한다고 덕담 같은 훈계를 늘어놓았다. 강사의 말에 연방 고개를 끄덕이면서도 나는 나이가 많다는 게 몹시 부끄러웠다. 조금 더 젊었을 때 도대체 무엇을 하고 살았나, 후회와 자괴가 밀려왔다.

강의가 끝난 뒤 수강생들은 인근 식당으로 우르르 몰려갔다. 수강생들은 세 개의 테이블로 나누어 앉았는데 나는 내 나이에 환호했던 무리에게 이끌려 구석 테이블에 앉았다. "언니가 올 때까지는 내가 큰언니였는데 이제 왕언니가 와서 정말 고마워요." 커트 머리를 한 여자는 활달해 보였다. 여자는 살집이 좋아서 얼굴에 주름도 없었지만 나는 여자가 나보다 나이가 훨씬 많은 어른이라는 생각이 드는 것이었다. 그 여자와 마찬가지로 여자 주위에 앉아 있는 이들도 내 눈에는 손윗사람들처럼 보였다. 사실 나는 종종 내 나이를 잊고 지내는데 그 때문에 실수를 하기도 했다. 바삐 길을 가고 있을 때였다. 오래전 친하게 지냈던 미영 언니가 맞은편에서 걸어오는 것이었다. 너무나 반가워서 언니, 오랜만이에요, 큰 소리로 인사했는데 그쪽에서는 어리둥절한 표정으로 나를 바라보았고 나는 곧 나의 착오를 알아채고는 도망치듯 그 자리를 벗어났다. 내가 본 미영 언니의 얼굴은 20년 전에 보았던 그 얼굴이었다. 내가 아는 미영 언니는 그 세월만큼 주름진 얼굴이 되어있을 터였다. 그 뒤로도 가끔씩 나는 비슷한 실수를 저지르곤 했는데 아마 더 나이가 들면 실수하는 횟수도 늘어날 게 분명했다.

큰 접시에 음식이 담겨 나왔을 때 누군가 왕언니가 먼저 드셔야 한다고 말했고 시선이 일제히 나에게 집중되었다. 나는 작은 접시에 음식을 옮겨 담아 그들보다 먼저 먹기 시작했는데 그게 나에게는 권리라기보다는 무거운 의무로

다가오는 것이었다. 내가 그들에게 우산이 되어줄 만큼 넉넉한 그릇이 되지 못한다는 걸 알려야 하는 게 아닐까, 하는 생각이 들어 기분이 우울해졌고, 왕언니 노릇을 어떻게 해야 할지 걱정이 되기도 했다. 그렇지만 왕언니에게 어떤 기준이나 자격이 필요한 것은 아닐 것이다. 시간에 떠밀려서 누구나 그냥 그렇게 어른이 되고 왕언니가 되는 것이다. 그들도 내게 기대하는 것은 없을 것이다. 그저 모임에 자신보다 나이가 많은 이가 있다는 것으로 위안을 삼을 것이다. 더구나 나는 신입 회원이었으므로 어떤 책임감도 가질 필요는 없었다. 아무튼 나는 그렇게 뜻하지 않게 부과된 내 처지에 대해 골똘히 생각에 잠겨 있었는데 "여기는 얼마 전에 등단했어요. 문학상을 탔거든요." 나의 등장으로 맏언니에서 벗어났다는 여자가 내 옆에 앉은 긴 머리의 여자를 가리키며 말했다. "기쁘시겠어요. 축하드려요." 나는 고개를 돌려 긴 머리의 여자에게 말했다. "힘들어요. 맨날 붙잡고 있으니까 식구들에게 소홀하고요. 이 나이에 내가 무얼 하고 있는 거지? 하는 생각이 들더라고요." 그 여자의 옆에 앉은 여자도 한숨을 쉬며 말했다. "나도 그래. 뭘 하겠다고 컴퓨터 앞에 앉아 있는 건지. 그래도 놓지 못하겠더라고."

남편은 코로나를 내세우면서 나의 수강을 만류했다. 나는 백신을 맞아서 조심하면 된다고 우겼다. 막내의 결혼으로 겨우 찾아온 기회를 놓치고 싶지 않았다. "그 위험한 것을…." 남편이 그렇게 말했을 때 나는 한술 더 떠서 "그게 원래 마약 같은 거라잖아." 하고 말해 버렸다. 남편에게 나의 소설 쓰기는 언제나 위험한 것이었다. 그해 겨울에는 눈이 많이 내렸다. 직장 신입이었던 우리는 겨울 바다를 보고 싶다고 노래를 하고 다니는 동료를 위해 우르르 그 섬에 가게 되었다. 길에 쌓인 눈은 녹지 않았지만 겨울 날씨는 쾌청했다. 배를 타고 그 섬에서 내렸을 때 그곳에는 육지보다 눈이 더 높게 쌓여 있었다. 하얀 눈 너머로 파란 바다가 인상적이었다. 바닷가에 초가집들이 옹기종기 모여 있었다. 우리는 그 마을로 들어가 짐을 풀고 산 고개를 넘어서 반대편 바닷가까지 걸었다. 인가가 없는 섬 길을 걸으면서 간간이 노래를 불렀다. 돌아오는 길에 해가 졌다. 서둘러 늦은 저녁을 먹고 민박집 주인 할머니가 내준 연시 바구니를 둘러싸고 앉았을 때부터 바람 소리로 밖이 소란스러워졌다. 밤이 깊어가면서 바람은 점점 더 세차게 불었다. 금방이라도 문짝이 날아갈 것처럼 문고리가 덜컹거렸다. 요란한 바람 소리 속에서도 우리는 자정이 훌쩍 넘는 시각까지 이야기꽃을 피웠다.

아침에 눈을 떴을 때는 바람이 그치고 사방이 고요했다. 창호지 문으로 햇빛이 비치고 파도 소리가 크게 들렸다. 밖이 궁금해서 방문을 열었는데 기다렸다는 듯 부엌에서 일하고 있던 주인 할머니가 소리쳤다. "오늘 배 안 뜬다고 연락 왔어." 우리는 가슴이 덜컥 내려앉았다. 섬으로 들어갔다가 배가 안 떠서 육지로 돌아갈 수 없다는 생각은 일행 누구도 해 본 적이 없었다. "바람이 잠잠해졌는데요?" 할머니는 파도가 높아서 안 뜨는 거라고 했다. "기다리면 뜨지 않을까요?" "글쎄, 안 떠." 우리는 출근 걱정에 발을 구르다가, 뭐 어쩌라고, 지각하면 되는 거지, 하고 객기를 부렸다. 내일도 안 뜨면? 설마? 그래도 안 뜨면? 하루 결근하면 돼. 동료들은 짐짓 느긋하게 굴었다. 그러나 나는 오늘 꼭 가야 하는데, 하면서 안절부절 어쩔 줄 몰라 했다. 나는 직접 선착장으로 나가서 배를 알아보겠다고 했다. 동료들은 무슨 일이냐고 끈덕지게 물었다. 하는 수 없이 글쓰기 모임에서 내가 쓴 소설을 평가하는 날이라고 말했다. 동료들은 뜻밖이라는 표정을 지었고 나는 얼굴이 빨개졌다.

혼자 가면 혹시 위험할 수 있다면서 그가 나를 따라나섰다. "소설을 쓴다고요? 사랑 이야기?" "아니요." 나는 다시 얼굴을 붉혔다. "사람들은 소설이라고 하면 남자, 여자의 사랑 이야기라고 생각하는 것 같아요." 나는 변명처럼 말했다. 그는 아랑곳하지 않고 앞서서 걸었다. 나는 그를 따라 걸으며 중학교 때 선생님에게 꾸중을 들었던 일을 추억했다. 나이가 많은 그 선생님은 교실에 들어오면 칠판 가득 필기를 하고는 교탁 옆 의자에 오래 앉아 있었는데 때때로 졸기도 했다. 빠르게 필기를 마친 나는 책상 밑으로 소설책을 펼쳐 놓고 읽고 있었다. 중학교에 입학한 지 얼마 되지 않은 시점이었는데 도서실에 책이 많아서 정신없이 빌려 읽고 있었다. 나는 이야기에 빠져 선생님이 다가오는 것도 몰랐다. 선생님이 몽둥이로 내 어깨를 탁탁 내리치고는 내 책을 빼앗았다. "머리에 피도 안 마른 녀석이 벌써 무슨 소설책이야?" 어깨가 아픈 것보다 수치심이 앞섰다. 한동안 시간표에 그 과목 수업이 있는 날이면 배가 아팠다.

미끄러운 눈길을 걸어서 그와 함께 찾아간 선착장엔 아무도 없었다. "민박집 할머니 말을 들었어야 했는데 내가 괜한 고집을 피웠네요." 내 사과에 그는 말이 없었다. 돌아오는 길이 지루했는지 그는 몇 차례 길가에 쌓인 눈을 뭉쳐 들판으로 던졌고 나는 그런 그를 미안한 마음으로 지켜보았다. 민박집이 보일 때쯤 나는 넘어졌고 발등이 부어올랐다. 절룩거리면서 발을 끌고 다니는 동안 시퍼런 멍이 발바닥까지 번졌다. 육지로 오자마자 나는 병원으로 실려가 깁스를 해야 했다.

그는 소설이나 영화 같은 것에는 관심이 없었다. 현실적이고 생각이 단순한 남자처럼 보였다. 그 시절 나는 잡념이 많은 자신을 추스를 수 없어서 스스로를 버거워하고 있었다. 내가 허공을 날아다니거나 들판을 헤매고 다녀도 그는 땅에 굳건하게 발을 디디고 살 수 있는 사람처럼 보였다. 어디로 튈지 알 수 없는 나는 위험한 사람이었고 그는 안전한 사람이었다. 나는 그와 결혼을 했다. 나는 여전히 만질 수 없고 보이지 않는 세상의 속살이 궁금해서 견딜 수 없었다. 책을 펼쳐야 했고 알 수 없는 세상에 대해 글씨를 끼적이지 않을 수 없었다. 빨랫거리와 설거지할 그릇과 먼지가 쌓여도 나는 읽고 쓰기를 우선하고 싶었다. 그러나 첫째가 태어났을 때 책과 펜을 멀리해야 한다고 다짐했다. 나는 현실을 살아내기 위해서 글을 잊고 지냈다.

막내가 초등학교에 입학한 뒤 나는 서랍 깊숙이 넣어 두었던 원고지 뭉치를 끌어냈다. 누렇게 변색된 원고지에 평가받지 못한 내 소설들이 박혀 있었다. 나는 이제 현실에서 조금 떨어져도 괜찮다고 판단했다. 다시 소설을 공부할 결심을 했고 신문사 문화센터로 달려갔다. 글을 쓸 수 있다는 게 좋았다. 속수무책으로 허비하고 있던 날들이 저축하듯 종이에 고이는 것 같았다. 수업이 끝나면 그 남자는 나와 같은 방향으로 가는 지하철을 탔다. 나에게 왜 소설을 쓰냐고 물었다. 갑작스런 질문에 나는 "너무 허무해서요." 하고 대답했다. 그는 무슨 뜻인지 모르겠다는 얼굴로 나를 바라보았다. "글 한 편을 쓸 때마다 막막한 세상에서 성과물을 하나씩 건져 올리는 기분이 들어요." 남자는 비로소 고개를 끄덕였다. "나는 소설에 인생을 걸었어요." 그는 소설을 쓰기 위해 직장을 그만두었다고 말했다. 나는 무모해 보이는 그의 용기를 찬양해야 하는지 아니면 비난을 해야 하는지 알 수 없었다.

어린 시절 동화책에 정신이 팔려서 밥을 깨작거리면 아버지는 걱정스런 눈으로 바라보면서 "이야기를 너무 좋아하면 가난하게 산다고 했다. 그게 무슨 말인지 알겠냐. 사람이 제 밥벌이는 하면서 살아야 한다는 뜻이다." 하고 말했다. 그렇지만 그 남자에게 아버지의 말을 전하는 것은 잔인한 짓 같았다. 그 남자는 자신의 글을 제출하기 전에 내게 먼저 보여주었는데 나는 실망을 하지 않을 수 없었다. 그가 내게 독후감을 물었을 때 나는 재미있었다고 말했다. 그의 소설을 평가하는 날이었다. 유치하고 어설픈 관념을 쏟아냈다, 구성이 허술하다, 주인공의 생각이 진부하다, 따위의 감상평이 이어졌는데 사람 좋아 보이던 그 남자는 수강생들의 평가에 일일이 감정적으로 거칠게 대응을 했다. 수강생들은 대체로 자신의 글을 세세하게 파헤치고 비판적으로 분석해 주길 바랐다. 그래서 남자가 보인 뜻밖의 반응은 수강생들을 어리둥절하게 만들었다. 소설 쓰기를 지도하는 선생님은 경력이 있는 이름난 소설가였다. 그 남자에게 적절하게 지적을 했는데 남자는 구차스러운 변명을 늘어놓았다. 그 남자는 다음 강의에 연달아 결석했다. 선생님과 수강생들은 그 남자가 상처를 많이 받은 것 같다며 걱정을 했다.

내가 그를 다시 본 것은 사람들로 붐비는 지하철역에서였다. 그가 먼저 나를 발견했다. 남자는 등산복 차림에 커다란 배낭을 메고 있었다. "선생님한테 전해 주세요. 소설 쓰러 산으로 간다고." 그는 기차를 타야 한다며 급하게 발길을 돌렸다. 나는 인파 속으로 사라지는 그의 뒷모습을 지켜보며 그가 위험한 길을 가고 있다고 생각했다. 소설의 무엇이 그를 그 길로 가게 하는지 궁금하기도 했다. 그러나 그때만 해도 소설가의 사회적 위상이 꽤 높은 편이었다. 명예와 부를 얻을 수도 있었다. 그리고 소설가가 정신적인 지도자 역할도 할 수 있는 시기였다. 그 남자가 소설에서 무엇을 얻으려 하는지는 알 수 없었지만 소설 쓰기는 시간이 많이 필요한 작업이긴 했다. 소설을 쓰기 위해 산으로 갈 만하다고 생각했다. 나 역시 수업에 참가하면서 집안일에 소홀할 수밖에 없었다. 그렇지만 그 남자처럼 내가 위험한 길을 가고 있는 건 아니라고 생각했다. 나는 소설 수업에 열심히 참석했다.

소설 공부를 마치고 집으로 돌아왔더니 집안이 난장판이 되어있었다. 막내가 자전거를 타다가 사고를 당해서 입원을 했던 것이다. 전화 연락이 닿았던 친척들이 달려와 사건을 수습하고 있었다. 소설 쓰기는 그 남자보다 내게 더 위험한 일이었다. 외상이 크지는 않았지만 혹시 모를 후유증에 가슴을 졸여야 했다. 남편은 굉장히 화를 냈는데 소설은 사람을 미혹시키는 위험한 거짓말이라고 소리를 질렀다. 어디서 들었는지 한때 유럽에서는 명문가의 딸들에게는 소설 읽기를 금지시켰다는 말까지 늘어놓았다.

허접한 이야기에 정신이 팔려서 한심한 짓을 하지 말라고, 악담을 퍼붓는 남편 때문이 아니라 아픈 아이에 대한 죄책감 때문에 소설 쓰기를 중단했다. 내가 발표할 차례를 얼마 앞둔 시점이었으므로 혼신을 다해 쓴 내 소설은 그때도 평가를 받지 못하고 서랍 속으로 들어가야 했다.

"이번에 신춘문예에 도전해 보려고요." 문학상을 받았다는 내 옆의 여자가 말했다. "어느 신문사에 넣을 거야?" 내가 오기 전에는 맏언니였다는 여자가 물었고 문학상을 받은 여자는 "선생님이 몇 군데 추천해 주셨어요." 하면서 일간지들을 들먹였다. "신문사별로 특징들이 있거든요." 맏언니였던 여자가 나를 바라보며 말했다. 문학상을 받은 여자가 신문사별 성향을 나열했다. 나는 웃으면서 고개를 끄덕였는데 내 웃음에는 신춘문예가 나와 무슨 상관이 있겠냐는 의미가 담겨 있었다. "왕언니 그거 알아요? 왕언니보다 나이가 많은데 신춘문예에 당선된 언니 있어요." 맏언니였던 여자는 내 의중을 간파했다기보다는 자기 자신을 위로하고 싶었을 것이다. "그 언니도 우리들 하고 같이 공부를 했거든요. 오래 다녔어요." 문학상을 탄 여자가 말했다. 나는 신춘문예에 당선되었다는 여자가 얼마나 오랫동안 수강을 했는지 묻고 싶었지만 애써 궁금증을 눌렀다. "그렇지만 그 언니가 글은 참 젊게 썼어요." 맏언니였다는 여자 옆에서 맥주를 마시던 여자가 말했다. "아마 심사 위원들도 뽑아놓고 놀랐을 거야." 맏언니였던 여자의 말에 나는 무심코 질문을 던졌다. "젊게 써야 당선이 되나요?" "꼭 그런 거는 아니겠지만 아무래도 유리하겠지요? 왕언니도 노력해 보셔야지요?" 맏언니였던 여자가 말했다. 나는 고개를 저으며 대답했다. "나는 사람도 구닥다리인 걸요." 문학상을 탄 여자가 큰 접시에 있는 해산물을 떠서 내 접시에 담아 주면서 말했다. "저번에 텔레비전에서 젊은 청년이 이별의 부산 정거장을 부르는데 너무나 좋더라고요." "아, 누군지 알아. 그 아이가 부르는 신라의 달밤을 들었는데 눈물이 나왔어." 맏언니였던 여자는 그 청년 가수의 열혈 팬이라고 했다. "신라의 달밤이요?" 나는 되물었는데 내가 알고 있는 그 노래가 맞는지 확인하고 싶었다.

그 노래는 고등학교 때 미술 선생님의 애창곡이었다. 선생님은 교단을 무대 삼아서 그 노래를 부르곤 했는데 우리에게는 코미디언이 벌이는 쇼처럼 느껴졌다. 같은 음을 소리를 떨면서 반복하는 특이한 창법 때문이었다. 우리는 깔깔대면서 웃었는데 선생님은 마냥 진지했다. 아이들은 선생님의 노래를 고분에서 튀어나온 유물이라고 평가했다. 그 때문인지 선생님이 먼 과거에서 온 낯선 사람처럼 보였다. "그 노래를 요즘도 부른다고요?" 내가 물었는데 문학상을 탄 여자가 가수의 이름을 알려 주고는 핸드폰에서 그 노래를 검색했다. 앳된 얼굴을 한 가수의 노래가 흘러나왔고 식당 안에 있던 얼굴들이 일제히 우리 테이블로 고개를 돌렸다. 문학상을 탄 여자는 얼른 그 노래를 중단했다. "가수도 그런데 노래도 아주 신선하게 들린다니까요." 여자는 작은 소리로 속삭이듯 말했는데 나는 그 노래가 미술 선생님이 부르던 노래라는 것이 마냥 신기했다. "이 가수가 부르는 옛날 노래를 좋아하는 사람들이 엄청 많더라고요." 열혈 팬이라는 맏언니는 그가 불렀던 노래의 곡명을 나열했다. 나는 고개를 끄덕였는데 그 순간 내가 학생들 앞에서 신라의 달밤을 노래하던 미술 선생님이 된 기분이 들었다. 그들 눈에는 왕언니라고 불리고 있는 내가 그때의 선생님만큼이나 구시대의 인물처럼 느껴지는 게 아닐까, 혹시 내 글에 대해 그들은 고분에서 나온 유물이야? 하면서 웃지 않을까, 하는 의구심이 생기는 것이었다.

나는 "구닥다리도 괜찮을 수 있겠네요." 하고 말했는데 마침 방금 요리한 음식이 나왔고 왕언니인 나는 재빨리 내 작은 접시로 음식을 옮겨 담아야 했다. 그들보다 먼저 음식을 맛보아야 하는 게 왕언니로서 해야 할 일이었다. 나는 음식을 먹기 시작했는데 대화는 다시 신춘문예로 넘어갔다. "신춘문예 준비는 다 된 거지?" 맏언니였던 여자가 물었고 "마지막 교정만 남았어요." 문학상을 탄 여자가 대답했다. "잘 될 거예요. 작품이 좋잖아요." 건너편에 있는 여자가 말을 했고 맏언니였던 여자가 다시 물었다. "자기 여기 몇 년 다녔지?" "중간에 다니다 말다 하기는 했지만 꽤 오래 다녔어요." 문학상을 탄 여자의 대답에 맏언니였던 여자는 고개를 끄덕이면서 말했다. "그래도 성공했잖아. 자기는 작가야. 그게 어디야." 문학상을 탄 여자를 바라보는 이들의 눈에 부러움이 가득했다. 나 역시 그 여자가 나와는 등급이 다른 특별한 존재로 여겨졌는데, 나도 젊은 날부터 글쓰기를 계속 이어갔으면 지금쯤 작가가 되어있지 않을까, 하는 생각을 했고, 왠지 인생을 통째로 낭비한 것 같아 씁쓸한 기분이 드는 것이었다.

인생길에는 늘 위험한 것들이 도사리고 있는 법이다. 내가 글쓰기를 그만두고도 사건들은 꾸준히 일어났다. 그러나 시간이 지나면 수습이 되어 일상을 되찾았고 사건 속에서도 아이들은 잘 자랐다. 그때 막내가 다쳤다고 주저앉을

게 아니라 용기를 냈어야 했다. 그리고 좀 더 일찍 정신을 차리고 내 인생을 찾아야 했다. 이렇게 세월이 빨리 갈 줄은 몰랐다. 아무리 생각해도 내 나이가 내 나이 같지 않았다. 나는 억울한 마음에 남편과 아이들이 원망스럽기까지 했는데 문득 모임에서 오래 머물지 말라던 남편의 당부가 떠올랐다. 남편에게 큰소리를 치기는 했지만 코로나 바이러스 시대였다. 순간 두려움이 엄습했고 왜 빨리 일어나지 않았는지 후회가 밀려왔다. 나는 고개를 빼고 주변을 살폈는데 강사가 앉아 있는 테이블에선 아직도 열띤 토론이 벌어지고 있었고 옆 테이블에서도 진지한 대화가 오가는 중이었다. 나는 맏언니였던 여자에게 일이 있어서 먼저 일어나겠다고 말했다. 나이가 많아서 면역력이 떨어지니까 일찍 가야 합니다, 라고 말할 수는 없었다. 나는 그들이 건네는 인사를 뒤로 하고 강사 곁으로 가서 고개를 까딱해 보이고는 황급히 식당을 나왔다.

그 끝을 알 수 없이 발생하는 코로나 신규 확진자와 위중증 환자, 사망자 수는 텔레비전 화면 하단을 점령군처럼 차지하고 있었다. 그리고 그 숫자는 언제나 가슴을 서늘하게 할 만큼 위협적이었다. 강의에 참석한 뒤 식당에서 한참을 머물렀기 때문에 혹시 감염이 되지 않았을까, 하는 두려움이 불쑥불쑥 고개를 내밀었다. 다행스럽게도 열은 나지 않았다. 첫 시간이라 어쩔 수 없었지만 다시는 뒤풀이 모임에 참석하지 않으리라 단단히 결심했다. 그러나 뒤풀이가 아니어도 코로나의 위험은 곳곳에 도사리고 있을 터였다. 강의를 듣기 위해 집을 나설 때면 코로나에 대한 두려움부터 몰려왔다. 마스크를 꾹꾹 눌러 코 부분에 밀착시키고 빠른 걸음으로 길을 걸었다. 강의실에서도 문가에 앉았다.

수업에서 요구하는 과제 분량이 많은 편이었지만 성실하게 수행했다. 수강생이 미리 제출한 작품을 꼼꼼하게 읽고 플롯을 분석하고 장점과 문제점을 적고 대안을 제시하는 방식으로 합평문을 작성해야 했다. 그 모든 과정에서 컴퓨터가 이용되었다. 한 칸 한 칸 원고지를 메우고 타자기를 두드리고 복사를 해야 했던 예전 방식과 크게 달라졌다. 나이가 많아서 뒤떨어진다는 소리를 듣고 싶지 않았다. 그러나 나이는 마음이 아닌 몸으로 먹는 것이었다. 몸의 여러 기관 중에서 눈이 가장 먼저 신호를 보냈다. 끈적끈적한 눈곱이 말라붙고 눈이 따끔거리고 뿌연 것이 시야를 가리기도 했다. 인공눈물을 넣는 걸 보고 남편은 혀를 찼다. "노안을 혹사시키면서까지 해야 하는 거야?"

남편은 내가 작업을 하고 있는 컴퓨터 방으로 들어와 빈정거리기도 했다. "요즘 소설 읽는 사람이 얼마나 된다고." 내가 못 들은 척하면서 컴퓨터만 들여다보았더니 남편은 등 뒤에서 사설을 늘어놓았다. "전에는 소설가의 정신세계가 심오하다고 여겼는지 몰라도 이제는 그게 단순한 재능이라는 걸 사람들이 알아버렸다고. 달리기 잘 하는 것, 노래 잘 부르는 것처럼 그냥 이야기를 잘 늘어놓는 것뿐이야." 내가 대꾸를 하지 않고 합평 쓰기에 골몰하고 있었더니 남편은 내 어깨를 툭툭 치면서 소설이라는 말이 조롱거리가 되고 있는 세태를 들먹였다. 소설 쓰냐? 는 말이 거짓말을 하고 있다는 뜻으로 사용되고 있었다. 나는 화가 나서 그것은 언론인이나 정치가들 잘못이지 소설의 문제가 아니라며 반박을 했다. "소설이야말로 감추어진 진실을 드러내는 작업이라고." 나는 남편에게 소리를 쳤는데 남편은 물러서지 않았다. "우리 증조할아버지는 한문을 읽고 쓸 줄 알아서 인근에서 존경을 받았거든. 지금은 한문을 쓴다고 알아주는 사람 없어. 그런 거야. 소설이라는 것도." 남편은 내가 사라져가는 것의 꼬리를 붙들고 씨름을 하고 있는 중이라고, 자기주장에 강도를 높이는 것이었다. 나는 하는 수 없이 꽥 소리를 질러서 남편을 물리쳤다. "소설이 그냥 좋아. 소설 쓰기가 재미있어, 내가 살아 있는 느낌이 든다고."

나는 죽어가고 있는 걸까? 나와 남편 두 사람은 응급실 구석에 있는 격리실에 갇히게 되었다. 여러 겹의 유리 벽 너머로 분주하게 돌아가는 응급실 풍경이 눈에 들어왔다. 방호복으로 중무장을 한 의사와 간호사가 들어왔고 환자 감시 장치와 생명 유지 의료 장비들이 일제히 내 침상을 둘러싸고 기계음을 내기 시작했다. 남편은 침상 아래에서 초조한 얼굴로 나를 바라보고 있었다. 인공호흡기로 입이 막혔는데 손가락에 꽂은 산소포화도 측정기를 무의식적으로 뺄 수 있다며 양손마저 침대에 묶었다. "자가 호흡은 중단하고 기계에 맡기세요." 헉헉거리며 허우적대는 내게 간호사가 소리를 질렀다. 어깨가 끊어질 듯 아팠지만 나는 말로 표현할 수 없었다. 남편의 눈에서 눈물이 주르륵 흘러내리는 게 불빛에 선명하게 보였다. 방호복을 입은 간호사는 격리실을 무겁게 들락거리면서 내 몸에 갖가지 수액 줄을 주렁주렁 매달았다. "보호자 분, 여기 보세요. 이 수치가 올라와야 해요. 모니터를 지켜보시다가 이상이 있으면 여기를 눌러 주세요." 내 침대 머리맡에 콜 버튼이 붙어 있었다. "미안합니다. 고맙습니다." 남편은 간호사에게 여러 차례 고개를 주억거렸다.

간호사가 나가자 남편은 무슨 생각을 하다가 핸드폰으로 검색을 하고는 내 발바닥을 누르기 시작했다. 내가 아이들에게 해 주던 지압법이었다. 남편은 발바닥 지압점을 찾아내서 기관지와 폐 부위를 압박하고 있을 것이다. 나는 약 기운에 취해서 잠이 들었는데 잠결에도 가끔씩 남편의 모습이 눈앞을 스치고 발바닥을 문지르는 손길이 느껴졌다. 내가 잠에서 깨어났을 때 남편은 여전히 내 발바닥 지압에 열중하고 있었는데 벽에 붙은 시계는 막 아홉 시를 넘기고 있었다. 나는 아직 죽지 않았던 것이다. 내가 발을 움직였더니 남편은 손길을 멈추고 놀란 얼굴로 나를 바라보았다. 나는, 밤새 내 발을 지압한 거야, 하고 묻고 싶었지만 말을 할 수 없었다. "훌륭해, 수치가 정상으로 돌아왔어." 남편은 내게 고맙다고 말했다.

남편의 핸드폰이 울리고 여자 목소리가 들렸다. 둘 사이에서 대화가 오고갔는데 남편은 검사를 받아야 확진자인 게 밝혀지는 게 아닌가, 이 병원에서 검사를 해야 하지 않느냐, 묻는 것이었다. 통화를 끝낸 남편이 "나더러 방역택

시를 타고 빨리 집으로 가라는 거야." 하고 말했다. 확진자
와 접촉을 했기 때문에 확진이 확실하므로 곧장 집으로 가
서 자가 격리를 하라는 지시가 내려졌다고 했다. "검사를
하다 다른 사람들에게 감염을 시킬 수 있다는 거지." 남편
은 짐짓 명랑한 목소리로 말했다. "혼자 있을 수 있지? 금
방 괜찮아질 거야. 산소포화도, 혈압, 맥박 다 정상으로 돌
아왔으니까." 남편은 내가 완치 판정을 받기라고 한 것처
럼 말했다. 나는 인공호흡기에 의존하고 있는 중환자였다.
내가 기계의 힘으로 수치를 유지하고 있다는 걸 남편은 모
르고 있는 것처럼 보였다. 그러나 남편도 몇 시간 전에 의
사가 꺼냈던 죽음의 언어들을 잊지 않았을 것이다.

"이제 자연 면역이 생겼으니까 덕분에 소설 공부 마음
편하게 할 수 있잖아? 뒤풀이에서 이차, 삼차 어울려도 되
고. 이왕 공부하는 거 열심히 해서 등단을 해야지." 남편이
소설 이야기를 꺼냈다. 나도 모르게 눈물이 나왔다. 남편의
핸드폰이 울리고 방역택시 기사가 병원에 도착했다는 연
락이 왔다. "새벽에 산소포화도가 갑자기 떨어져서 놀랐는
데 기기가 비스듬하게 빠져서 그랬거든. 손가락을 잘 넣고
있어야 해." 나는 고개를 끄덕였는데 남편은 자리를 뜨지
못하고 공연히 서성이고 있었다. 남편과 눈이 마주쳤을 때

내가 어서 가라는 신호를 보냈지만 남편은 초조한 기색을 드러냈다. 방역택시 기사의 독촉 전화를 받은 남편은 뚫어지게 나를 쳐다보다가 "집에서 보자." 한마디 말을 던지고 격리실을 나갔다.

　나는 혼자 남겨졌다. 유리 벽 너머로 보이는 응급실에도 오가는 사람이 보이지 않았다. 지난밤 몹시도 북적대던 응급실이었다. 집에서 혼자 공부해도 되잖아? 내가 강의를 들으러 갈 때면 남편은 그렇게 물었다. 11월이 되었을 때 이제 위드 코로나 시대가 되었어, 하면서 내가 반박을 했는데 남편은 되레 경고를 하는 것이었다. 자영업자들이 아우성을 치니까 정부에서도 어쩔 수 없었던 거지, 위드 코로나 때문에 오히려 더 위험하다고, 겁을 주며 만류하는 남편에게 나는 소설을 제대로 쓰려면 소설 공법을 익혀야 한대, 하고 말했다. 공법이라고? 쓰고 싶은 대로 쓰면 되는 거지 무슨 공법까지 들먹여, 공장에서 물건 만드는 것도 아니면서, 아무짝에도 쓸모없는 것인데, 하고 남편은 깐족거렸다. 발레를 할 때 그냥 춤추지는 않아, 기본 동작을 익혀야지, 소설도 똑같은 거야, 내가 버럭 소리를 질렀더니 남편은 한숨을 쉬면서 말했다. "나이 든 사람들은 조심해야 된다고. 위험해." 그때 남편이 내뱉었던 위험해, 그 소리가 생생하게 들리는 듯했다.

소설은 내게 언제나 위험한 것이었다. 나는 그것 때문에 마침내 죽음의 문턱에 이르렀다. 소설을 왜 쓰고 싶어 하는가? 그 질문을 맨 처음 내게 던진 사람이 남편이었는데 그 뒤로도 남편은 종종 그 질문을 꺼냈다. 물론 철학적이거나 학술적인 차원에서 던진 질문은 아니었다. 소설 쓰기를 하지 말라는 뜻의 완곡 표현이었다. 나는 그걸 알면서도 그 질문에 진지하게 대답을 했는데 내 대답은 한결같았다. 사라지는 것들을 붙잡아 놓으려고, 무너지는 것들을 단단하게 고정시키고 싶어서, 보이지 않는 것들을 건물처럼 구축하려고, 따위를 늘어놓았다. 최근에도 나는 그렇게 대답을 했는데 남편은 우리 나이가 되면 만물이 사라진다는 걸 자연스럽게 받아들이고 죽음에 익숙해져야 한다고 주장했다. "어차피 때가 되면 다 지평선 너머로 사라지는 거야." 남편은 나를 설득시키려 했고 나는 "한 번 사는 인생, 의미를 찾으며 살고 싶으니까." 하면서 반발했다. "태어났으니까 사는 거지. 사는 데 무슨 의미를 찾아?" 남편이 그 말을 했을 때 나는 남편이 경박하다고 생각하면서도 "그래도 흔적을 남겨야지." 하면서 맞섰다. "허공에 남긴다고?

그게 남을 것 같아? 날아가는 새가 자취를 남길 수 있다고?"나는 남편이 약을 올리고 있다고 생각했다. "소설 쓰는 게 재미있으니까. 그러면 된 거 아냐?" 소리를 질렀고 남편은 어이없다는 듯 나를 바라보았었다.

나는 내 소설을 완성했고 내 차례가 되었을 때 합평할 작품을 카페에 올렸다. 내 이름을 단 소설이 세상으로 나가는 것이었으므로 나는 몹시 설레고 뿌듯했다. 내 작품을 평가하는 날 나는 들뜬 기분으로 집을 나섰는데 너무 일찍 도착해서 근처 상가를 빙빙 돌며 시간을 죽여야 했다. 추운 날씨인데도 거리는 사람들로 북적였다. 갇혀 있던 사람들이 위드 코로나를 맞이하여 밖으로 쏟아져 나온 것처럼 보였다. 사람들은 코로나를 잊은 것 같았고 나 역시 무언지 모를 희망에 들떠서 거리를 활보했다. 아직 시간이 남았지만 나는 강의실이 있는 빌딩으로 들어섰고 내가 강의실에 도착했을 때는 멀리 떨어진 지방에서 온다는 수강생 한 명이 내 소설을 읽고 있었다. 연달아 수강생들이 나타났고 그들은 책상 위에다 내가 쓴 소설을 펼쳐 놓았다.

수업 시간 내내 나의 가슴은 두근거렸는데 수강생들은 내 소설에 대해 대체로 좋은 평가를 해 주었다. 문장력이 좋다, 감성이 섬세하다, 언어가 정밀하고 아름답다, 라는 칭찬을 들었을 때 금방이라도 걸작을 만들어낼 수 있을 것 같은 자신감이 생겨났다. 그러나 강사의 총평을 들으면서 나는 움츠러들 수밖에 없었다. 그는 내가 소설적 구성을 이해하지 못하고 있다고 말했다. 이야기를 늘어놓는다고 소설이 되는 게 아니라고 했다. 소설은 쓰는 게 아니라 만드는 것이라면서 초점을 잡고 설계된 이야기를 만들라고 했다. 그의 조언을 막연하게나마 이해는 한 것 같은데 구체적으로 어떻게 하라는 것인지 감을 잡을 수 없었다. 실망을 넘어 컴컴한 나락으로 떨어지는 기분이 들었다. 나의 그런 마음은 얼굴에 드러났을 테고 강사는 내 얼굴 표정을 읽었을 것이다. 그는 불필요한 문장들을 과감하게 버릴 수 있다면 앞으로 좋은 작품을 쓸 수 있을 거라면서 용기를 북돋우는 말로 평가를 마무리 지었다.

나는 상기된 얼굴로 강의실을 나섰고 수강생들 속에 휩쓸려 뒤풀이 장소로 향했다. 내 작품을 합평한 날이기 때문에 뒤풀이 자리에 빠져서는 안 된다고 생각했다. 수강 첫날처럼 나이 많은 이들끼리 무리를 지어 한 테이블을 차지하고 앉았다. "왕언니 잘 쓰셨어. 한두 번 써 본 솜씨는 아닌데 여태껏 어떻게 참고 사셨대. 하긴 인생이라는 게 참 짧아요. 젊은 사람들은 모르지." 내가 오기 전에는 자기가 맏언니였다는 여자가 너스레를 떨었다. "인생에서 너무 늦은 때란 없다고 하잖아요?" 지난 시간 합평에서 좋은 평가를 받았던 여자가 말했다. 그녀의 소설은 줄거리가 영화처럼 펼쳐졌는데 젊은 날 꽤 오랫동안 드라마 대본 수업에 참석한 경력이 있다고 했다. "인생에서 너무 늦은 때란 없습니다, 100살에 세계적인 화가가 되었다는 할머니가 쓴 책 제목이지?" 부산에서 비행기로 서울을 오가며 소설 수업에 참여하고 있는 여자가 물었다. 그녀는 다독가로 다방면에 박식했다. "맞아요. 언니. 일본에도 유명한 100세 시인 할머니가 있잖아요." "소설은 힘들지 않을까? 중노동이잖아." "요즘은 짧은 소설도 많이 쓰는 걸요." 어느덧 대화는 100세 작가로 이어졌고 우리는 뜨거운 닭튀김을 연신 입으로 넣으며 신나게 떠들었다.

우리들의 이야기는 막힘없이 펼쳐졌는데 다른 테이블에 앉은 수강생들이 일어나면서 우리도 주섬주섬 의자에 걸쳐 놓은 외투를 챙기기 시작했다. "왕언니 절대 안 늦었어요. 이제부터 시작인 겁니다." 전에는 줄곧 자기가 맏언니였다는 여자의 경쾌한 격려를 끝으로 뒤풀이는 마무리되었다. 나는 복잡한 감정에 휩싸였다. 무엇보다 소설 쓰기를 중단했던 것을 후회했다. 무리를 해서라도 썼어야 했다. 아이들은 저절로 크는 것이었는데 가정에 지나치게 구속을 당했다는 생각이 드는 것이었다. 속아서 살아온 인생이 억울하고, 너무 빠르게 지나간 세월이 야속했다. 그러나 그들이 말한 것처럼 평균 수명이 얼마나 늘어났는지를 생각했고, 옛날로 치면 인생을 두 번 사는 거라고 스스로를 위로하면서 이제부터라도 더 열심히 써야겠다고 다짐을 했다.

나는 격리실에 홀로 있었다. 일정한 간격으로 삑삑대는 기계음이 신경을 날카롭게 건드렸다. 연명치료를 하실 거냐고요? 지난밤 던져졌던 질문이 생생하게 떠올랐다. 그날, 내 소설이 평가를 받은 날, 그곳 뒤풀이 음식점에서 나는 감염이 되었을 것이다. 위드 코로나로 식당은 몹시 붐볐는데 나 역시 무장 해제 상태였던 것이다. 깊은 후회와 자책과 슬픔이 뒤엉켜 가슴을 도려내는 것 같았다. 한참을 흐느꼈던 탓인지 피로가 몰려왔고 희부윰한 시선 속에서 어린 시절 팔방치기 놀이판이 아련하게 떠올랐다. 구멍가게 집 춘희 언니가 땅바닥에다 새겨 놓은 놀이판이었다. 흙을 깊게 파서 만든 언니의 놀이판은 장마에도 뭉개지지 않았고 아이들의 발로 다져진 바닥은 반질반질하게 윤이 났다. 아이들은 날마다 모여 떠들썩하니 팔방놀이를 했는데 놀이판 위에서 모두 혼신의 힘을 다했다. 마을이 개발되면서 하나 둘 아이들이 마을을 떠나고 놀이판의 금은 날로 희미해졌다. 나는 사라져 가는 놀이판 위에서 춘희 언니와 마을 아이들을 애타게 그리워했는데 우리가 이사할 즈음엔 놀이판이 완전히 자취를 감추었다. 놀이판의 소멸이 그때의 나에게는 가장 큰 슬픔이고 악몽이었다. 내 소설 쓰기를 두고, 허공에 남긴다고? 그게 남을 것 같아? 남편이 했던 말이 생각이 났고, 남편은 결코 경박한 사람이 아니었다는 생각이 들었다. 격리실 유리문이 열리고 방호복을 입은 간호사가 들어왔다.

전선에서 살아남기

혈당 측정을 시작합니다, 시험지 끝부분에 혈액을… 기계에서 흘러나오는 안내 음성에 아내는 벌떡 상체를 일으키고는 "안녕하세요." 잠이 덜 깬 목소리로 간호조무사에게 인사를 건넸다. 혈당 측정을 끝내고 혈압계를 집어 든 간호조무사는 "오늘은 벌써부터 저 난리네요." 하면서 가볍게 한숨을 쉬는 것으로 인사를 대신했다. 그녀가 드르륵 카트를 밀고 나가자 아내는 침대에서 내려와 병실 문을 닫았다. 문이 닫히면서 간호조무사를 한숨 쉬게 한, 명자야, 명자야, 목 놓아 부르는 501호실 노파의 울부짖는 소리며, 복도 맞은편 505호실에서 간병인이 탕탕거리며 약을 빻는 소리가 약간 멀어졌다. 공복 혈당 측정이 끝났으므로 아내는 침대 밑에 감추어 둔 전기 주전자를 끌어내 스위치를 눌렀다. 새벽 5시면 어김없이 시작되는 요양병원의 일상이었다.

아내는 내게 실내화를 신기고 바퀴워커를 잡고 일어서게 했다. 나는 워커를 밀고 바다가 보이는 창가로 다가갔다. 항구의 불빛이 노랑, 빨강, 파랑, 갖가지 빛깔로 반짝이고 불빛에 비친 바다는 잔잔했다. 해는 한참 뒤에야 떠오를 것이다. 나는 하루에 두세 차례, 한 번에 30분가량 워커에 의지해서 걸을 수 있고 나머지 시간은 침대에 누워 지내고 있었다. 창밖으로 보이는 바다마저 없었으면 나의 하루는 더 고단했을 것이다. 아내도 내 치다꺼리를 하는 틈틈이 창가로 달려갔다. 아내는 창밖을 보면서 바다의 색깔이라든지 물결의 움직임, 부두의 상황 같은 것들을 내게 알려 주었다. 거대한 자동차 운반선이 입항할 때는 나를 일으켜 창가로 데리고 가기도 했다. 코로나에도 항구는 폐쇄되지 않았다. 선박은 며칠씩 항만에 정박해서 수출용 자동차를 선적하고는 물러갔고 그 배가 떠난 자리에는 또 다른 선박이 들어섰다.

아내와 나, 둘이 머물고 있는 510호실에는 다른 방처럼 6개의 침상이 있는데 내 침대 하나만 높낮이 작동이 되고 나머지 것들은 전부 고장이 난 상태였다. 우리가 오기 전에는 창고처럼 쓰고 있던 병실이었다. 환자인 나는 510호실을 나갈 수 없고 보호자인 아내는 510호실이 있는 5층을 벗어날 수 없었다. 코로나 때문에 만들어진 병원 규칙이라고 했다. 딸아이가 물품을 들고 병원으로 몇 번 찾아왔었는데 전화 통화만 가능했다. 택배도 간호조무사들이 가져다주었다. 엄격한 격리 생활에도 아내는 이만해도 살 것 같다고 말했다. 우리가 그 방으로 오기 전에는 골방 같은 2인실에서 보름이나 갇혀 지냈기 때문이었다.

그 2인실은 작은 창문이 건너편 시커먼 건물 벽에 막혀 있었는데도 외풍이 심했다. 2인실 좁다란 천장을 바라보고 누워 있으면 새장에 갇힌 것같이 갑갑했는데 무엇보다 천장에서 종일 뿜어져 내리는 온풍기 바람을 견디는 게 가장 힘들었다. 바람막이도 설치하지 않은 온풍기에서는 살이 아프도록 바람이 세차게 불었다. "건조기 속에 처박혀서 말린 고기가 되는 느낌이야." 하면서 아내는 수시로 바닥에 물을 뿌려댔다. 병원장인 의사가 왔을 때 아내는 병실을 옮겨달라고 공손하게 부탁을 했는데 의사는 온풍기를 끄면 되지 않느냐며 짜증을 냈다. 온풍기를 끄면 금방이라고 물이 얼어붙을 만큼 방이 추웠다. 혹시 병원에 밉보이면 환자인 나에게 피해가 갈까 봐 아내는 퍽이나 조심을 하는 눈치였다. 그렇지만 워낙 병실 환경이 나빴으므로 아내는 원무과 과장 핸드폰으로 장문의 메시지를 보냈다. 그러나 원무과 과장은 여전히 간호부장에게 부탁을 하라고 했고, 간호부장은 병실 배정은 원무과 과장이 하는 일이라며 번번이 책임을 돌렸다.

아내는 2인실 비싼 병실료를 받아내려는 병원 측의 꼼수가 틀림없다고 단정을 지었다. 아내의 계속되는 재촉에 원무과 과장이 공동 간병인이 돌보는 병실을 제안했지만 아내는 남의 손에 나를 맡길 수 없다며 거절했다. "가족이 돌보는 병실엔 자리가 없다고요? 자리가 없으면 애초에 환자를 들이지 말았어야지요." 여러 차례 항의를 한 끝에 겨우 차지하게 된 6인실 510호 병실엔 켜켜이 먼지는 쌓여 있었지만 공간이 넓어 숨이 트이고 온풍기가 때리는 바람을 직접 맞지 않을 수 있어 좋았다. 그리고 창밖으로 바다가 보였다. 젊은 날에도 바다는 우리 부부의 탈출구였다. 갑갑한 방에 갇혀 있다가 마당으로 뛰쳐나온 어린아이처럼 바다를 보면 번잡한 육지를 벗어난 해방감에 환호했다. 아내는 정신없이 청소에 매달리면서도 병실 이전을 기뻐했다. 병상에 갇힌 우리에게 이제 바다는 탈출구 이상의 큰 선물이 되었다.

아내는 며칠 동안만 나를 간병하려고 했다. 요양병원으로 오기 전 대학병원에 있을 때였다. 중환자실에 있다가 입원실로 옮기는데 산소 공급 장애로 내 머리에 문제가 생겼을 수 있다며 가족이 와야 환자의 머리가 정상인지 아닌지 가릴 수 있다고 했다. 코로나 팬데믹으로 간병인은 한 사람으로 제한되어있었다. 선택의 여지는 없었다. 아내는 곧장 입원실로 달려왔고 내 상태를 확인하려고 애를 썼다. 나는 기운이 없었을 뿐 아니라 혀도 굳고 겨우 나오는 목소리도 몹시 쉰 소리였기 때문에 아내가 아니면 내 말을 알기 듣기 어려웠을 것이다. 아내의 질문에 내가 예전처럼 답을 하였으므로 담당 의사가 찾아왔을 때 아내는 남편의 머리가 100프로 정상이라고 말했다.

그 입원실도 6인실이었는데 중증 환자들이 입원한 병실이었다. 아내가 간병을 하고 있는 나를 제외하고 다섯 환자 곁에는 조선족 간병인들이 한 명씩 붙어 있었다. 남자 간병인이 둘, 여자가 셋이었다. 고향이나 과거사를 떠들썩하게 들춰내는 바람에 그들의 대화에서는 중국의 지형이나 현대사가 묻어 나왔다. 이 일만큼 돈 벌기 쉬운 게 없다니까, 여기서 1년 착실히 일하면 중국에서 10년은 살 수 있어, 요새는 코로나 때문에 찾아오는 방문객들도 없으니까 얼마나 편해, 조선족 간병인들은 자기들끼리 웃고 떠들었다. 환자들은 약에 취해 하루의 대부분을 수면으로 보내고 있었고 간병인들은 무료한 시간을 버티느라 애를 먹었다. 병실에 갇혀 있는 게 갑갑해서 복도라도 기웃거리면 수간호사가 들어가라고 경고를 주었다. 혹시 모를 코로나 감염 때문이라고 했다. 그러나 간병인들은 규정을 어기고 살그머니 병실을 빠져나가 병원 밖으로 멀리 나갔다 오기도 했다. 간호사들은 워낙 바빠서 간병인들에게까지 신경을 쓸 겨를이 없어 보였다.

나는 산소 호흡기를 꽂고, 손가락에는 산소포화도 측정기를 끼고, 링거 줄을 주렁주렁 매단 채 코에 삽입된 고무관을 통해 경관식을 섭취하고 있었다. 간병 경험이 없는 아내는 소변 주머니 관리조차 힘들어 했다. 내 침대는 병실 가운데 있어서 이래저래 간병인들의 시선에 노출되어 있었는데 그들은 서툴기 그지없는 아내의 간병에 너나없이 참견을 하고 아내가 절절맬 때면 달려들어 자기 일처럼 문제를 해결해 주었다. 그들이 떼로 몰려와서 몸을 가누지 못하는 내 몸을 닦아 주고 머리를 감기고 덥수룩한 수염까지 깨끗이 면도를 해 주었을 때 아내는 고마워서 어쩔 줄 몰라 했다. 나는 머리가 너무 가려워서 내가 아프다는 것도 잊을 지경이었는데 그들 덕분에 날아갈 듯 기분이 좋아졌다.

그들의 도움이 없었더라면 아내는 일찌감치 나를 돌보는 것을 포기하고 간병인을 불렀을 것이다. "나는 아무것도 모르잖니, 내가 간병을 잘못해서 네 아빠를 해칠까 봐 걱정이라니까." 아내는 딸아이의 전화를 받고 그렇게까지 말을 했을 정도였다. 그러나 아내는 내 간병에 열심이었다. 욕창을 방지하기 위해 두 시간마다 체위를 변경하라는 간호사의 지시를 철저히 지켰을 뿐 아니라 틈만 나면 내 몸을 마사지하는 데 시간을 보냈다. 그 때문인지 침대에 자석처럼 무겁게 들러붙어 있던 차가운 몸에 온기가 돌고 멈췄던 몸동작이 살아나기 시작했다. 나는 아내가 간병인 생활을 오래 버티지 못할 거라고 생각했다. 딸아이와의 통화에서도 아내를 걱정하는 소리가 자주 흘러나왔는데 그때마다 아내는 "힘들면 간병인을 쓸 거야." 하고 말했다. 그러나 아내는 내 곁을 떠나지 않았다.

우리에게 친절한 간병인들이 자기 환자에게는 냉혹하게

굴었다. 키가 작달막하고 얼굴이 동글동글한 남자 간병인은 눈치가 빠르고 행동이 민첩했다. 보청기를 잃어버리면 내가 감쪽같이 물어줘야 한다니까, 하면서 자기 환자의 보청기를 감추고는 몰래 병원 밖으로 나돌아다녔다. 간호사가 그의 환자에게 아버님 이름이 뭐예요? 하고 소리쳐 물으면 노인은 엉뚱한 소리를 했다. 간병인은 툭하면 귀머거리 병신이라고 자기 환자를 조롱했다.

다른 간병인 남자는 인물이 훤칠하고 언변이 좋았는데 중국에서 고위직으로 근무를 했다고 자랑했다. 그 병실에서는 주로 간호사들과 간병인들의 목소리만 들렸는데 그 남자의 환자는 가끔씩 여보, 여보, 아내를 목 놓아 부르곤 했다. 그러나 그 남자의 환자는 병실 끝에 칸막이 커튼으로 가려져 있어서 소리만 들렸지 모습을 볼 수는 없었다. 그가 아내를 부를 때면 간병인 남자는 입 다물지 못해, 입 안 다물면 죽여 버린다, 하면서 겁을 주었는데 당당하고 절도 있는 그 남자의 목소리에서는 위엄이 느껴졌다. 간병인이 야단을 치면 잠잠해졌기 때문에 그 남자가 능숙하게 환자를 통제하고 있다고 생각했다. 그런데 환자의 낮밤이 바뀌어서 한밤중에 느닷없이 터져 나온 여보, 소리에 병실 사람들이 잠을 깨게 되었고, 간병인 남자가 죽여 버린다, 협박을 하는데도 환자는 쉽게 굴복하지 않았다. 다음 날 밤중에는 여보, 소리에 이어, 나 죽어, 아이고 나 죽네, 하는 외마디 소리가 여러 차례 들렸지만 이내 조용해졌으므로 병실 사람들은 잠시 구시렁대다가 다시 잠이 들었다. 그 뒤 낮이나 밤에 가끔씩 아이고 나 죽네, 나 죽어, 소리가 들렸지만 환자가 질병의 고통이나 외로움 때문에 내는 신음 소리라고 생각했다.

그 남자 간병인이 환자를 꼬집고 때린다는 사실을 알아챈 사람은 한국인 간병 아주머니였다. 아주머니는 먼저 있던 환자가 요양병원으로 전원을 하고 그 자리에 새로 들어온 환자의 간병인이었다. 간병인 경력만 30년이 넘는다고 했다. 괄괄하고 거침없는 성격에 사귐성이 좋아서 금방 병실의 분위기를 휘어잡았다. 이게 무슨 짓이야, 뭐 하는 거야, 그 한국인 아주머니가 비명처럼 소리를 지르고는 느닷없이 아내를 끌고 병실 밖으로 나가는 것이었다. 병실과 마주하는 곳에 간호사 데스크실이 있었다. 아주머니는 그 남자 간병인이 자기 환자를 때리고 있고 환자인 노인은 그에게 싹싹 빌고 있다며 언성을 높였다. 아주머니의 격양된 목소리는 당사자인 조선족 남자 간병인에게까지 고스란히 전달되었다. 그때서야 우리는 며칠 동안 이어졌던 신음 소리의 정체를 알게 되었다. 간호사들이 여기저기 분주하게 전화를 거는 동안 아주머니는 아내에게 자기를 보호해 달라고 속삭이듯이 말했다. 오늘 밤에 나를 해칠지도 몰라, 내가 커튼을 열고 잘 테니까 그쪽도 그래야 해, 우리는 같은 나라 사람이잖아. 아내는 조선족이 다른 나라 사람이라고 미처 생각하지 못했으므로 그의 말에 새삼스럽게 동포애나 애국심 같은 건 생기지 않았다. 그러나 아내는 용감한 내부 고발자를 보호해야 한다는 인식은 가지고 있었다. 아내는 고개를 끄덕이며 아주머니의 손을 꼭 잡아 주었다. 조선족들은 못돼먹었어. 남의 나라에 와서 돈을 벌어 가면서 얼마나 못된 짓을 하는지 몰라. 아내는 조선족 간병인들에게 도움을 받고 있었기 때문에 그의 말에 쉽게 동의하기는 어려웠다. 자기 환자를 폭행한 그 남자 간병인도 그랬다. 내 몸은 사지가 마비된 것처럼 꼼짝할 수 없는 상태였다. 침대가 비스듬해서 몸이 슬금슬금 미끄러져 내려가기 때문에 하루에도 몇 번씩 끌어올려야 했는데 그때마다 올라가시지요, 하고 그 남자 간병인이 나를 들어 올려 주었던 것이다. 나에게 친절했던 그 남자 간병인은 이튿날 짐을 싸서 떠나고 다른 간병인이 왔는데 할아버지, 힘드셨지요, 나긋하게 인사를 하는 여자 간병인 역시 조선족이었

다. 코로나 시국이어서 내국인 간병인을 구하기 어렵다고
했다.

　내 침대와 커튼 하나를 사이에 두고 나란히 누워 있는
남자는 말기 암 환자였다. 노상 잠을 자는 것 같은데 더러
깨어서는 간병인과 대화도 나누고 핸드폰으로 전화를 걸
기도 했다. 점잖은 목소리와 말투에서 교양이 느껴지는 게
꽤 괜찮은 인생을 살아온 사람 같았다. 그런데 하루가 다
르게 상태가 나빠지면서 말이 어눌해지더니 숨이 차서 헉
헉대고 마침내 산소포화도 측정기에서 자주 경고음이 울
리게 되었다. 요란한 경고음에 간호사가 달려오고 한바탕
소동이 끝나면 조선족 간병인 여자는 짜증을 냈다. 이 양
반이 잠도 못 자게 하네. 왜 이렇게 나를 귀찮게 하는 거
야? 이건 뭐야? 왜 소변을 본다는 말도 못 하는 거야? 사람
이 왜 이래, 천치 바보가 된 거야? 왜 나를 못살게 구냐고?
숨쉬기조차 힘들어하는 환자를 간병인은 야단을 치고 윽
박지르고 무시했다. 곁에서 듣고 있는 내가 서러운데 당사
자는 오죽할까 싶기도 하고, 타인에게 홀대를 당하면서 죽
어가는 인생이란 어떤 걸까? 하는 생각에 비참한 기분이
들기도 했다. 그 환자가 금방이라도 숨이 넘어갈 것처럼
헐떡거리고 산소포화도 측정기에서 경고음이 계속 울리는

데 간병인은 그의 곁에 없었다. 그 시간에 간병인은 샤워실 앞에서 핸드폰을 들고 간병비 협상을 하고 있었다. 여기가 중환자들 입원실이잖아요, 여기서는 간병비를 다들 12만 원씩은 받는다고 해요. 세숫대야를 들고 더운물을 받으러 가다가 아내는 그 조선족 여자 간병인이 통화하는 소리를 들었다.

아내는 한국인 간병 아주머니를 의지하고 따랐다. 그 아주머니는 조선족 간병인이나 남자 간병인은 믿을 수 없으니까 간병인을 쓰게 되면 반드시 한국 여자 간병인을 모셔와야 한다고 말했다. 그런데 기대와 달리 그 아주머니 역시 자기 환자에게 무심했다. 여든 나이에도 기골이 장대한 그의 환자는 좁은 침대에 누워 있는 걸 몹시 답답해했다. 그가 뒤척일 때면 침대가 출렁거리면서 삐걱 소리가 났다. 환자가 소리를 지르고 몸부림을 쳐도 간병인 아주머니는 깊은 잠을 자는 것 같았다. 잠을 잘 자기 때문에 간병인을 오래 할 수 있었던 것인지 아니면 간병인을 하면서 잠을 잘 자는 능력을 키운 것인지는 알 수 없었다. 아무튼 아주머니는 환자의 상태와 무관하게 자신의 스케줄대로 지냈다. 아침 일찍 샤워를 하고 옷을 갈아입고 화장을 했다. 한 차례 어디로 나갔다가 점심을 먹은 다음 낮잠을 잤고 다시 병실을 비웠다. 아주머니는 병원을 자기 집처럼 편안하게 느끼는 것 같았다. 간호사가 여기 여사님 어디 가셨어요? 하고 아내에게 물으면 아내는 고개를 저었다. 병원에서는 간병인을 여사님이라고 불렀다.

몸집이 커서 침대가 갑갑할 그의 환자는 링거 줄을 자꾸 잡아당기고 발버둥을 쳐서 손발이 묶이게 되었고, 허겁지겁 밥을 먹다가 사레가 걸려 기침을 심하게 하는 바람에 코에 음식물 투입 호스를 넣게 되었다. 환자의 상태는 급속하게 나쁜 쪽으로만 흘러갔다. 만약 나처럼 가족이 간병을 한다면 한창때 기운이 장사였다는 노인의 병세는 달라졌을지도 모른다는 안타까운 생각이 들었다. 간호사들이 노인을 대하는 태도 역시 간병인과 별반 다르지 않았다. 그러나 나는 간병인들이나 간호사들이 자신을 먼저 챙기는 걸 당연하게 생각했다. 자신을 위해 움직이는 건 모든 생명체가 지닌 자연스런 속성일 것이다. 더구나 아픈 사람들을 상대하는 직업이니만큼 설령 사명감을 가지고 일을 시작했다고 하더라도 시간이 지나면서는 자기 자신을 우선적으로 지켜야 한다는 것을 저절로 배우게 될 것이다.

아내는 한시도 내게서 시선을 떼지 않았다. 볼일을 보러 다닐 때도 뛰어다니다시피 했고 작은 일에도 간호사실로 달려갔다. 나는 빠르게 회복이 되고 있었다. 아내의 세심한 보살핌이 힘을 발휘했을 것이다. 호흡기를 빼고 산소포화도 측정기와 경관식 콧줄까지 차례차례 떼어내고 난 뒤 병원에서는 요양병원으로 전원할 것을 권했다. 종합병원은 입원기간이 정해져 있어서 무한정 머무를 수 없다고 했다. 아내는 본인이 끝까지 간병을 하겠다고 나섰다. 병원 측에서는 보호자가 간병을 할 수 있는 요양병원을 두 군데 추천했다. 몇 군데 요양병원들이 코로나 감염 때문에 일시적으로 폐쇄되어 선택의 폭이 좁다고 했다. 시내 복잡한 곳에 새로 생긴 병원과 부둣가 오래된 병원 중에서 우리는 당연히 바다를 볼 수 있는 요양병원으로의 전원을 희망했다. 바다라니, 코로나로 철저하게 고립된 병원 생활에서 바다는 그 단어만으로도 큰 위안이 되었다.

아내는 병원의 지시 사항을 고분고분 따르는 것이 치료의 지름길이라고 믿고 있었다. 그리고 위급했던 나를 위해서 애써 준 이들에게 진심으로 고마워했다. 담당 의사가 회진을 올 때면 코가 땅에 닿을 정도로 허리를 굽혀 인사를 했다. 간호사들을 대할 때도 늙은 아내는 민망할 정도로 공손했다. "당신이 아프고 보니까 의사나 간호사가 얼마나 위대한 직업인지 알겠어. 아니, 병원에서 일하는 모든 사람이 훌륭한 것 같아." 하고 말하기도 했다. 요양병원에서 온 두 남자가 나를 옮기면서 짐짝 취급을 할 때도 아내는 그들이 다른 환자를 모시러 가야 해서 바쁘기 때문일 거라고 생각했다. 차에서 내려놓고는 무슨 촬영을 한다고 나를 눕힌 이동 침대 그대로 엘리베이터에 태우려 할 때 아내는 잠깐 제지를 하기는 했다. 이미 대학병원에서 계속 촬영을 했고 그 결과물이 담긴 영상 CD를 가져왔는데 무슨 촬영을 또 하느냐고 물었다. 내 침대를 끌고 가던 남자가, 일단 이 병원에 들어오면 무조건 촬영부터 하게 되어 있어요, 하면서 보호자는 따라오지 말고 원무과에서 대기하라고 할 때도 아내는 순순히 따랐다. 다인실에는 자리가 없다면서 우리를 아무도 없는 2인실로 데려갔을 때도 아내는 병원 측에 무슨 사정이 있을 거라고 믿었다.

2인실 침상에 눕자마자 아무런 설명도 없이 영양 수액을 연달아 두 팩째 맞힐 때 나는 구토기가 있고 어지러웠다. 아내가 투여를 중단하는 게 어떻겠냐고 물었지만 나는 고개를 저었다. 남아있는 수액을 그냥 버릴 수는 없었다. 그 하얀 수액은 대학병원에 있을 때 내 앞 침상에 있던 환자가 맞았는데 한국인 간병인이 그게 최고로 비싼 영양제라고 말하는 것을 들었다. 그런데 간호사가 잇따라 또 다른 수액 병을 들고 나타났을 때 아내는 "또 맞아요? 두 개 맞는 것도 굉장히 힘들어 했는데요." 하면서 반감을 드러냈다. "이건 전에 맞은 것과는 다른 거예요. 다들 이렇게 맞아요." 간호사는 무작정 내 손에 주삿바늘을 꽂고 테이핑을 하고는 물러났다. "적어도 왜 맞는지 이유는 말해 줘야 하는 거 아닌가?" 아내는 중얼거리면서 좁은 병실을 서성이다가 무슨 생각이 들었는지 핸드폰으로 검색을 하기 시작했다. "세상에나, 부작용이 왜 이렇게 많은 거야." 아내는 내가 두 팩이나 맞은 그 수액에 투여 금지 사항이 16가지나 되고, 사용상 주의 사항은 14가지나 된다고 했다. 부작용은 차마 말할 수 없다고 했는데 혹시 내가 입을 충격 때문이었을 것이다.

부작용이라는 단어에 꽂힌 아내는 내가 복용하고 있는 약을 일일이 검색하기 시작했다. 나는 아침과 저녁에는 7알, 점심에는 4알의 약을 먹고 있었다. 대학병원에서 내린 처방에다 요양병원에서 약을 첨가한 것이었다. 약을 검색하는 일은 결코 쉬운 일이 아니었으므로 한동안 아내는 나를 돌보는 일보다 핸드폰 검색에 더 열중했다. "이럴 수가? 이 약은 외과적 수술을 한 환자는 3개월 동안 복용 금지라는데?" 아내는 비명처럼 소리를 질렀다. "의사가 이거 알고 처방한 걸까? 모르고 한 걸까?" 아내는 내가 부작용에 시달리고 있을 것으로 생각했으므로 의료진을 무조건 믿고 따랐던 자신을 자책했다. 아내는 "공책이 필요해." 하더니 딸아이에게 급히 공책을 보내 달라고 했다. 아내는 공책에 약 이름을 적고는 핸드폰에 나와 있는 약 사진을 보고 그림을 그려 넣고 그 약의 작용과 부작용을 간략하게 적어 두었다. "뭐야? 함께 먹으면 안 되는 약도 있었네." 아내는 핸드폰을 들여다보며 끊임없이 검색을 하더니 약의 상호작용에 대해서까지 관심을 두는 것이었다.

아내는 깨알 같은 글씨를 읽느라 머리뿐 아니라 눈까지 심하게 아프다고 했다. 아내는 검색을 중단했다. 머리와 눈이 아픈 것보다 부작용이 주는 충격을 감당하는 게 더 힘들었을 것이다. "일부러 나쁜 약을 처방하는 의사는 없을 거야? 그렇지 않아?" 아내의 물음에 나는 고개를 끄덕였다. "어떤 약이든 부작용이 있는 거야. 그렇지만 득이 있으니까 실을 감수하는 걸 테고." 아내는 그렇게 긍정적인 말을 내뱉으면서도 내가 먹고 있는 약 중에서 중복되는 것

두 개는 빼는 게 어떻겠냐고 물었고 나는 아내의 의견에 동의한다고 말했다. 약에 대해 의사에게 문의하면 분명 그는 벌컥 화를 내고 병원에서 주는 약은 반드시 먹어야 한다고 대답할 게 뻔했다. 먹지 않는 약은 따로 모아 두면서도 아내는 혹시 복용 중단으로 좋지 않은 일이 생기는 게 아닐까 몹시 걱정했는데 다행스럽게도 어떤 일도 일어나지 않았다.

아내는 약 문제로 여전히 노심초사했다. 무엇보다 진통제가 큰 고민이라고 했다. 그 진통제를 처음 검색했을 때 아내는 가슴이 떨려서 차마 끝까지 읽지 못하겠다고 했다. "너무 무서운 약이야. 이 약은 유럽에서는 쉽게 처방을 하지 않는대." 아내는 그렇게 중얼거리고는 핸드폰을 던지듯 내려놓았다. "약이라는 게 본래 독으로 독을 다스리는 거라잖아." 내가 아내를 달랬지만 아내는 힘없이 앉아 있었다. "세상에 공짜는 없어, 효능의 크기만큼 부작용이 따르게 되어있는 법이야." 나는 그 약이 아니었으면 통증을 감당할 수 없었을 거라고 말했다. 아내는 다음 날 다시 그 약을 검색했는데 이번에도 "아아, 정말 무섭네. 이 일을 어쩌면 좋아." 하고 펄쩍 뛰는 것이었다. 그 진통제는 하루에 두 번 먹고, 6시간 이내에 복용하지 말라고 되어있다는 것이었다. 그런데 나는 그 진통제를 아침, 점심, 저녁 세 번 복용하고 있었다. 아내는 지금까지 투여 간격이 점심에는 4시간, 저녁에는 5시간이었다고 끌탕을 하더니 당장 점심에 먹고 있는 진통제를 중단하겠다고 선언했다. "아무리 아파도 참아야 해." 나는 고개를 끄덕였다. 그러나 점심 식후에 복용하던 진통제를 끊어도 아무런 고통도 느껴지지 않았다. "혹시 하루에 한 번 먹어도 되는 거 아닐까?" 아내는 진통제를 아침 한 알로 끝내겠다고 했는데 밤이 되면 수술 부위에 통증이 생겨서 잠을 이루기 어려웠다. 어쩔 수 없이 진통제는 아침과 저녁 두 번 복용하는 것으로 결정을 내렸다.

우리가 2인실에 있다가 옮겨온 5층은 중증 환자들이 머무는 곳이었다. 나는 이미 중증에서 벗어난 환자였지만 5층으로 배정을 받았던 것이다. "환자들 모습이 전부 똑같다니까. 무슨 공장 같아." 복도를 지나다니다 보면 양옆으로 늘어선 병실에 비스듬히 누워 있는 환자들을 보게 된다는 것이었다. 아내는 온갖 생명 유지 장치를 매달고 희멀겋게 눈만 멀뚱 뜨고 있는 환자들을 보는 게 괴롭다고 했다. "저승으로 달리는 열차에 올라탄 기분이 든다니까. 복도를 오가는 간병인들은 승무원처럼 느껴지고.” 아내는 한숨을 쉬었다. “그렇지만 우리는 고마워해야겠지? 우리는 이 열차에서 금방 내릴 사람들이니까.” 아내는 얼마 전까지 내가 5층 환자들과 같은 모습이었다는 사실을 잊지 않았을 것이다. 장치들을 하나씩 떼어내고 몸을 움직이게 되기까지 얼마나 여러 번 절박한 순간들이 찾아왔었는지 아내는 기억하고 있을 것이다.

나와, 나와요, 처음 그 소리를 들었을 때 아내는 말귀를 알아듣지 못했다. 고려인 간병인이 5층 복도를 돌며 나머지 간병인들을 불러내는 소리였다. 대학병원 입원실 간병인들은 조선족들이었는데 요양병원 간병인들은 전부 고려인들이었다. 그들은 대체로 한국말이 서툴러서 겨우 말귀만 알아듣는 이들도 있었다. 코로나 자가 진단 키트가 등장한 뒤로는 날마다 코로나 검사를 했다. 간병인들은 간호사실 탁자 앞에 옹기종기 모여 자가 검사를 하고는 코로나 음성을 증명하는 빨간 줄이 하나가 뜬 진단 키트를 즐비하게 늘어놓고 각자 병실로 돌아갔다. 무슨 검사를 왜 날마다 해요? 서툰 한국말로 항의를 하기도 했지만 고려인 간병인들은 늘 유쾌하게 웃고 알아들을 수 없는 그쪽 말로 와자지껄 떠들어댔다. “고려인들은 순박하고 인정이 많은 것 같아." 아내는 그들을 보면 기분이 좋아진다고 말했다.
"그렇지만 여기 간호사들은." 아내는 한숨을 쉬었다.

 체격이 크고 비대한 간호조무사는 아, 힘들어, 아, 귀찮
아, 노상 툴툴거리며 드나들었다. 전기 아껴 쓰라고 하면서
느닷없이 병실 스위치를 내리기도 하고, 실내 온도가 높다
고 혼을 내고, 카트에 걸려서 넘어질 뻔했다며 화풀이를
하기도 했다. 그 여자가 상처 드레싱을 할 때면 매번 엉터
리로 해서 아내가 온라인으로 구입한 멸균 거즈와 테이프
를 꺼내 드레싱을 마무리해야 했다. 수액을 맞을 때 자기
가 바늘을 잘못 다루어서 피가 튀었는데 더럽다고 환자인
나에게 버럭 화를 내고는 본인 얼굴부터 닦으러 나가서 아
내를 놀라게 했다. 그 여자가 근무하는 날이면 아내는 신
경을 곤두세웠고 나는 기분이 우울해지는 것이었다. "우
리한테만 못되게 구는 건 아니야." 아내는 그 여자가 다른
병실에서도 환자에게 야단치듯 소리를 지르는 걸 여러 차
례 목격했다고 했다. "그 여자는 환자를 무슨 큰 잘못을 저
지른 문제적 인간 취급한다니까. 그 모습이 자기에게 닥칠
미래라는 걸 정말 모르는 걸까?" 아내는 그녀를 부작용 간
호조무사라고 불렀다. "이 세상 어디에나 부작용은 있는
거니까." 아내가 부작용 간호조무사라고 부르는 이가 하나

더 있었는데 그 역시 환자들과 간병인들에게 안하무인으로 굴었다. "저런 인간들은 살살 달랠 수밖에 없다니까. 건드렸다가는 감당하기 어려운 부작용이 생길 거야." 아내는 그들의 비위를 맞추며 지내면서도 때때로 불평을 늘어놓았다.

딸아이가 전화로 이모의 입원 소식을 전했다. "언니가 코로나에 걸린 건 아니고 백신 부작용이라고?" 아내는 소리를 지르고는 신음처럼 중얼거렸다. "세상이 온통 부작용으로 가득찬 것 같아." 딸아이와의 통화를 끝낸 아내는 백신 부작용 검색에 열중하고 있었다. 병실 문이 열리고 소독분무기를 등에 멘 남자 직원이 들어섰다. 그 남자가 병실로 들어오면 아내는 매번 주의를 주었다. "여기는 하지 말아 주세요. 음식이 있어서요." 아내는 컵이며 접시와 숟가락이 옹기종기 놓인 탁자를 막아서며 말했고, 아내의 당부를 받은 남자는 "이건 인체에 무해한 소독약이에요." 하면서도 아내가 있는 곳을 피해서 소독제를 분사했다. 남자가 등장하자 핸드폰 검색을 하고 있던 아내가 자리에서 일어나 탁자로 다가가는데 남자의 전화기가 울렸다. "또 맞으라고? 이번에는 절대 안 맞아. 부작용을 어떻게 감당하라고." 남자는 거칠게 전화를 끊었다. 요양병원 입소자와 종사자를 대상으로 4차 접종을 실시한다고 했다. 남자가 소독을 끝내고 나간 뒤 늘 그랬던 것처럼 아내는 물걸레를 들고 병실 구석구석을 샅샅이 닦아냈다. 걸레질하는 내내 아내는 말이 없었다.

연휴가 시작되는 날이었다. 우우웅 요란한 모터 소리를 앞세우고 코로나 방역 복장으로 완전 무장을 한 낯선 남자가 나타났다. 그는 장소를 가리지 않고 무작정 소독약을 분사했다. 음식물에 들어가지 않게 해 달라는 아내의 요구 같은 건 그에게 들리지 않았다. 희뿌연 소독약이 순식간에 병실을 뒤덮었다. 그 뒤로 주말이면 방호복에 보호경을 끼고 덧신까지 신은 그 사람이 나타나서 소독약을 무차별 난사해댔다. "소독약에 부작용이 있을 것 같지 않아?" 아내는 연기 속에서 불안스러운 얼굴로 내게 물었다. "세상은 어차피 작용과 부작용으로 되어있는 거라고. 좋은 것과 나쁜 것이 한몸처럼 붙어 있다고." 아내를 위로하고 싶어서 괜한 소리를 했지만 내 말이 들리지 않는 것 같았다. "왜 자기들은 근무하지 않는 휴일에만 이렇게 지독한 소독을 하는 거지? 환자들은 소독약을 고스란히 맞아야 하는데." 아내는 소독제 부작용을 검색하기 시작했다. "과도한 소독에 노출된 사람은 건강에 피해를 볼 수 있다는데?" 아내는 중얼거리더니 "뭐야? 코로나 소독제도 기관지와 폐를 손상시킬 가능성이 크다고? 그런데도 이렇게 무지막지하게 소독을 해대는 거야?" 하면서 놀라는 것이었다. "환자들이 당장 코로나에 걸리지 않게 하는 게 우선이니까." 나는 병원 입장에서 말을 했다. 국내 확진자가 폭증하고 있다는 뉴스를 들었기 때문이었다. "게다가 여기 환자들은 어차피 죽어가고 있는 사람들이잖아." 아내는 내 말에 즉각 반발했다. "그렇지만 당신은 살아나고 있는 환자인데?"

병실 문에 자동 소독약 분사기를 설치한다고 했다. "문을 지날 때마다 소독약이 나오거든요." 남자 직원의 안내에 아내는 설치를 하지 않는 게 좋겠다고 말했다. 그러나 그 직원이 아내의 저지에도 아랑곳하지 않고 분사기를 달려고 했기 때문에 아내는 곧 퇴원할 거라고 성급하게 말해 버렸다. 사실 우리는 퇴원을 준비하고 있었다. 아내는 유튜브를 통해 상처를 드레싱하고 관리하는 법을 공부하고 있었다. 대학병원 전문의라는 유튜버는 의학 용어를 사용하면서도 상세하고 쉽게 치료 과정이며 방법을 설명했다. 병원 현장에서는 결코 들을 수 없는 내용들이었다. 병원에서 의사들은 지나치게 바쁘다. 환자나 보호자의 짧막한 이야기조차 경청할 시간이 없는 것 같았다. "환자를 3분 이상 진료하면 병원이 망하거나 의사가 쫓겨난대." 아내는 의사들이 바쁜 까닭을 그렇게 말했다.

우리가 퇴원을 결심하게 된 결정적인 이유는 그 유튜버를 통해서 요양병원에서 내게 처치하고 있는 드레싱이 세포 독성을 고려하지 않는 예전 방식이라는 것을 알게 되었기 때문이었다. "이렇게 드레싱을 하면 새 살이 올라올 수 없다는데 여기 의사나 간호사는 공부를 하지 않는 걸까? 아니면 알면서도 이런 식으로 치료를 하고 있는 걸까?" 아내는 아무래도 병원에서 일부러 회복을 지연시키려 하는 것 같다고 말했다. 나는 아내가 터무니없는 생각을 하고 있다고 말했는데 "빨리 나으면 퇴원을 할 테고 그러면 여기 병원에서는 손해잖아?" 하면서 계속 병원을 의심하는 것이었다. "무슨 사정이 있을 거야." 나는 아내의 상상이 지나친 것 같다고 주장했지만 아내는 자신의 생각을 굽히지 않았다. "요양병원 운영이 어렵다고들 하더라고. 그래서 환자 유치 경쟁이 심하다는 거야." 아내의 생각이 맞든 틀리든 병원 치료가 미흡하다는 것은 확실해 보였다.

그 시간에 간호사가 병실에 들어올 일은 없었다. 어리둥절 바라보는 우리에게 간호사는 "세균검사를 하려고요." 하고 말했다. 그는 거즈로 뒤덮인 내 상처를 들춰내고는 면봉으로 상처 부위를 문지르고 나갔다. 그동안 여러 검사를 했지만 세균검사는 처음 있는 일이었다. 워커를 밀면서 걷기 연습을 하고 있을 때 병실 문이 열리고 의사가 들어왔다. 간호사를 대동한 의사는 대뜸 내 상처에서 세균이 많이 검출되어서 큰일이라고 말하고는 성급하게 나가버렸다. 아내는 표정이 굳은 채로 멍하니 서 있었다. 아내는 만일에 있을 패혈증을 염두에 두고 공포에 떨고 있을 것이다. "거짓말일 거야." 한동안 꼼짝 않고 서 있던 아내가 고개를 저었다. "우리가 금방 나갈 거라고 해서 못 가게 막으려는 거야." 아내는 딸아이에게 전화를 했다. 환자가 낫기를 바라지 않는 것 같아, 오래 환자로 묶어 두는 게 목표라니까, 나을 사람은 천천히 망가뜨리고 죽을 사람은 아주 서서히 죽게 하는 게 아닐까? 다른 병원도 똑같을 거야, 그래도 여기는 바다가 보여서 얼마나 다행인지 몰라, 바다를 볼 수 없었다면 내가 못 견뎠을 거야, 그렇지만 환자가 의사를 믿을 수 없다는 게 얼마나 무섭고 두려운 일인지 이해할 수 있겠니? 아내의 푸념은 길게 이어졌다.

나는 아내에게 위로의 말을 건네고 싶었다. 인생은 끊

임없이 자신을 무너뜨리려는 것으로부터 자신을 지켜내는 작업이라고, 그것은 존재하는 모든 것들이 벗어날 수 없는 숙명 같은 것이라고, 그렇지만 당신은 누구보다 잘 헤쳐나가고 있다고, 말하고 싶었다. 요양병원 역시 무너지지 않기 위해 환자를 오래 붙잡아 두어야 할지도 모를 일이었다. 나는 아내의 통화가 끝나기를 기다렸다. 그런데 갑작스럽게 극심한 피로와 졸음이 한꺼번에 몰려오는 것이었다. 정신이 혼미해지는 중에도 핸드폰 속 딸아이의 음성이 분명하게 들렸다. "의사를 믿을 수 있건 없건, 그건 나중 문제고 요양병원이 집단 감염 위험이 가장 높은 곳이라잖아. 거기 있다가는 코로나에 걸릴 거야. 빨리 나왔으면 좋겠어." 딸아이와의 통화를 끝낸 아내는 "아아, 정말 힘들다." 비명처럼 소리를 질렀다. 나는 아내에게 무슨 말이든 해야 한다고 생각했는데 잠에서 깨어나지 못했다. 믿음과 의심 사이에서 끝없이 선택을 해야 하는 아내의 고달픔을 절절하게 느끼면서 나는 깊은 잠에 빠져들었다.

서해 먼 섬

그렇게 멀리 있다. 그곳은. 남편은 휴게실 창문으로 보이는 바다에 시선을 박고 있었다. 병원 건너편 부두 하역장 너머에 바다가 있다. 나는 남편의 휠체어를 고정시키고 의자를 끌어다 남편 곁에 앉았다. 핼쑥하다 못해 파리한 낯빛의 남편은 퀭하니 눈만 번뜩였다. 바다를 바라볼 때 그의 눈은 더욱 매섭게 빛이 났다. 매섭다는 표현이 적절한지는 모르겠다. 내가 볼 때 그렇게 보이는 것인데 남편은 그곳을 부드럽게, 그러나 열중해서 보고 있는 것인지도 모른다. 그가 어떤 눈으로 바라보든 남편이 그 바다에서 무엇을 보고 있는지 나는 알고 있다. 그가 살고 싶은 곳이 거기에 있다. 그곳에서 살고 싶은 그의 욕망이 그를 다시 걷게 할 것이다. 그렇지만 우리가 정작 그곳에서 살 수 있을지는 아직 미지수다. 그가 품었던 숱한 욕망들이 그를 배신했던 것처럼 그곳에 대한 욕망 역시 부질없는 꿈으로 끝나고 말지 모를 일이다.

그런 곳을 돈을 주고 사는 사람이 있나? 남편이 그 섬에 있는 땅을 사고 싶다고 말했을 때 나는 조롱 섞인 질책을 했다. 남편은 퍽 실망한 얼굴로 나를 힐끗 쳐다보고는 이내 시선을 돌렸다. 그러나 남편은 그 섬을 포기하지 않았다. 원망스런 눈빛으로 나를 멀거니 바라보기도 하고 내 앞에서 한숨을 쉬기도 했다. 남편은 유언, 무언으로 끈덕지게 내게 졸라댔는데 번번이 나는 매몰차게 그의 요구를 거절했다. 남편이 채권자들을 피해 육지에서 가장 먼 곳으로 도망을 간 적이 있었는데 그곳이 바로 그 섬이었다. 그 섬의 이름은 근사하고 인상적이었다. 인터넷으로 구석구석 들여다 본 섬의 풍경도 아름다웠다. 그러나 지나치게 멀리 있었다. 일상에서의 일탈이 곧 추락이라고 자신을 다지며 살아온 내게 그 섬은 멀다는 것 하나로도 여지없이 위태로운 곳이었다. 남편이 벌이는 일마다 어느덧 내게는 위험을 예고하는 경고등으로 인식이 되었던 것도 내가 그 섬을 단박에 거절한 이유였다.

남편은 욕망이 많은 사람이었다. 젊었을 때는 그걸 꿈이나 야망이라고 불렀던 것 같다. 그의 야망이 나은 결과는 실패의 연속이었다. 나 역시 꿈꾸기를 좋아하는 사람에 속했다. 그러나 인생은 바라는 대로 펼쳐지는 게 아니라는 것을, 꿈이나 희망이 환멸을 낳는다는 것을, 나는 그에게서 배웠다. 나는 그와 살면서 생존이 최우선이라는 생각이 점점 깊어졌기 때문에 직장에서 꼬박 삼십오 년을 근무했다. 내가 은퇴를 하고 나서 남편이 이제 다르게 살자고 에둘러 표현을 했을 때 나는 그냥 살던 대로 사는 게 안전한 거지, 하고 말했다. 눈을 돌리면 죽는 줄 알고 살았던 내 입에서 자연스럽게 흘러나온 대답이었다.

시가 쪽에 있던 산이 팔려서 남편 몫으로 오분의 일이 돌아왔을 때 남편은 섬 얘기를 다시 꺼냈다. 이전보다 강경한 어조로 말을 했기 때문에 나는 조롱이나 질책을 하는 대신 불편한 자리를 떠나는 것으로 내 의사를 전달했다. 그가 고집을 부리면 내 언성은 높아지면서 그를 심하게 모욕하는 말을 내뱉을 게 뻔했다. 나는 남편이 아무 일도 벌이지 않고 아파트 단지 뒤에 있는 국민체육센터에 가서 수영이나 하면서 남은 인생을 소일하기 바랐다. 한동안 섬이야기를 하지 않았으므로 나는 남편의 섬 앓이가 끝났다고 믿었다. 그런데 무더위가 맹위를 떨치던 그 여름날, 남편은 그 섬에 가자고 했는데 나는 가까운 섬에 가자는 것처럼 그의 말을 들었고 무심결에 고개를 끄덕였다. "어디? 그 섬에?" 내가 정신을 차리고 다시 물었을 때 "한 번만 구경을 갔으면 해서." 남편은 처량한 음성으로 힘없이 대답했다. 표정까지 애처로웠으므로 연민이 앞섰고 나도 모르게 그만 "구경이야 할 수 있지." 하면서 허락을 하고 말았다. 내 안에 웅숭그리고 있던 호기심과 모험심도 어느 정도 작동을 했을 터였다.

연안부두에서 배를 타고 가다가 큰 섬에서 내려 다시 작은 배로 갈아타야 했다. 배가 달릴수록 육지의 문명과 소음으로부터 점점 멀어졌다. 날씨까지 쾌청하였으므로 여름 바다는 시원했고 군도의 섬들은 아름다웠다. 중간에 몇 개의 섬을 경유하면서 마침내 도착한 그 섬은 서해 바다같지 않게 물빛이 맑고 깨끗했다. 작은 섬이었으므로 어디서나 시야로 바다가 푸르게 들어섰다. 마을의 집들은 비스듬한 산기슭에서 일제히 바다를 내려다보고 있었다. 대문이 열린 마당에서 노인들이 도란도란 열무를 다듬고 있다가 남편의 인사를 받고는 반가워했다.

민박집 주인 부부는 집에 없었다. 고기를 잡으러 갔을 거라고 남편이 말했다. 바다와 마주한 방에 짐을 내려놓고 섬 구경에 나섰다. 해안을 따라 구불구불 이어진 길을 걸었다. 바다 위로 가깝게 또는 멀리 있는 섬들이 산봉우리처럼 펼쳐졌다. "굉장한데." 나도 모르게 감탄사가 나왔고 남편은 "그렇지?" 하면서 조심스럽게 내 얼굴을 살폈다. 저녁 식사 준비가 끝났다는 민박집 여자의 전화를 받고 가던 길을 되돌아 왔다. 어스름 어둠이 내려앉고 보안등이 하나 둘 켜지는 고즈넉한 마을에서 문득 고향이 느껴졌다. 우리들의 고향 마을도 바닷가에 있었는데 남편 집은 우리 집에서 고개를 조금 올라가면 펼쳐지는 포도 과수원 한가운데 있었다. 고향에서 나는 가겟집 손녀딸로, 남편은 과수원집 막내로 불렸다. "어린 시절로 돌아간 것 같아." 나의 감상에 남편은 "그래서 이곳에서 살고 싶은 건지도 모르지." 하고 말했다. "가게 하나 없는 곳에서 과거만 회상하며 살 수는 없잖아." 나는 고개를 저었다.

만약 이튿날 그 산길을 오르지 않았더라면 한 차례의 관광으로 그 섬과의 인연을 끝낼 수 있었을 것이다. 아침을 먹고 정오에 닿는 배를 타기 전까지 시간이 남았던 우리는 등산을 하기로 했다. 물론 남편의 제의에 따른 것이었다. 나는 그때 충분히 그럴 수 있었는데 왜 산행을 멈추지 않고 이어갔는지 도무지 알 수 없다. 왜 그 산을 끝까지 올랐을까? 수없이 그 질문을 던지면서 생각을 해 봤지만 지나간 일은 돌이킬 수 없다는 사실을 확인했을 뿐이다. 그날 산을 조금 올랐을 때 우산보다 큰 거미줄이 길을 막아섰고 손바닥만 한 시커먼 거미가 총구멍처럼 우리를 겨누었다. 나는 으악, 비명을 질렀는데 불길한 느낌이 전신을 타고 흘러내렸다. 남편이 나뭇가지를 꺾어 거미줄을 걷어냈다. 나는 마을로 돌아가고 싶다고 했는데 남편은 말없이 산길을 걸었고 혼자서 내려갈 엄두가 나지 않는 나는 하는 수 없이 남편을 따라 길을 올라야 했다. 우리는 점점 더 원시림 같이 울창한 숲길로 들어섰다. 컴컴하고 축축한 숲에서 남편은 열 번도 더 그렇게 큰 거미줄을 걷어내야 했는데 그럴 때마다 나는 돌아가고 싶다고 소리를 질렀다.

숲 속에 빽빽하게 들어선 나무와 이파리들도 크기가 거대하고 색깔이 사납게 짙어서 으스스하고 기괴한 느낌을 주었다. 어둑한 산길을 한참 동안 오르자 비로소 시야가 트이기 시작했고 나무 사이로 언뜻 바다가 내려다보였다. 마침내 꼭대기에 이르렀을 때 사방으로 광활하게 조망이 펼쳐졌는데 아득한 수평선에 이르기까지 거울 같은 바다 위로 크고 작은 섬들이 흩뿌려져 있었다. 내 입에서는 저절로 탄성이 흘러 나왔다. 나는 갑자기 기분이 무척 좋아져서 흉측한 거미 따위는 완전히 잊어버렸다. 남편이 고개를 젖혀 하늘을 올려다보며 말했다. "지구를 벗어나서 우주로 나온 것 같지 않아?" 남편이 우주를 말하는 순간 문득 우주라는 단어가 먼 시간에서 민들레 씨앗처럼 바람을 타고 날아든 것 같다는 생각이 들었다.

할머니 가게 앞에는 커다란 고목이 있었고 그 나무 아래 펼쳐놓은 멍석에서 동네 사람들은 밤낮으로 이야기판을 벌였는데 놀이에 지친 아이들이 쉬는 장소이기도 했다. 아이들은 밤하늘을 보면서 귀신이 있나, 없나, 하늘엔 끝이 있나, 없나, 자주 다투었다. 할머니는 질문을 하는 내게 어른이 되어야, 살아 보아야, 알게 되는 게 있다며, 지나치게 미리 알려 하지 말라고 했다. "저수지 건너에 살던 우리 동네 오라버니가 책만 읽다가 미쳤거든." 할머니는 많이 알려고 하다가는 자칫하면 정신이 돌아버린다고 했다. 과수원집 막내는 대학생 형 덕분에 아는 게 많았다. 아이들의 물음에 그 아이는 누구도 그 답은 모르는 거라고 하면서 자기는 장차 우주 비행사가 될 거라고 했다. 나는 과수원집 막내가 특별하고 멋진 아이라고 생각했다.

우리들이 중학생이 되었을 때 기차로 통학을 했다. 기차 정거장에서 어떤 아저씨가 오늘은 학교에 가지 않는 날이라고 말했다. 인간이 달나라에 간 걸 기념하는 날이라고 했다. "달에 착륙하다니 대단하지 않아?" 중학생 남자아이들 속에서 과수원집 막내는 그렇게 말했는데 나는 인간이 달나라에 간 게 왠지 무섭고 슬펐다. 기차 정거장에 모인 아이들은 잠시 술렁였지만 그래도 혹시 모르니까 학교에 가기로 했다. 학교에 갔더니 칠판에 축, 아폴로 우주선 달 착륙, 임시공휴일이라고 적혀 있었다. 인간이 달나라에 발을 디딘 이듬해 우리 마을 사람들은 각기 다른 곳으로 이사를 했다. 바다를 매립하느라 산을 깎기 시작했기 때문이었다. 우리들이 다시 만났을 때 과수원집 막내는 우주 비행사 대신에 큰 우주라는 이름을 가진 대기업에서 회사원으로 근무를 하고 있었다.

바다 위에 흩어져 있는 섬들을 내려다보며 능선을 따라 몇 굽이를 돌았을 때 사람 키보다 높은 바위 무리가 나타났다. 거무스름한 것들이 수직의 벼랑으로 우뚝 서 있고 부근에 크고 작은 바위들이 줄지어 있었는데 마치 다른 행성을 방문한 것 같았다. "여기도 우주가 있네." 내 말에 남편은 "우리 고향 바위 생각나?" 하고 물었다. 나는 바위에 기어오르던 어린 남편의 모습이 떠올라 킥 웃음을 터뜨렸다. 남편은 상고머리 흙투성이에 고무신을 신고 있었다. 바위 옆으로는 자그만 동굴이 있었는데 추운 날엔 그곳에 불을 놓기도 했다. 우리는 어린 시절처럼 바위를 잡고 올라가 편편한 곳에 나란히 걸터앉았다. 마을이 내려다 보였는데 여름날 오전의 햇살이 기와지붕과 담장 위로 환하게 빛나고 있었다. 고향의 집들과 흡사한 광경이었다. 직장에서 물러나고 한가해졌을 때 내 안에서 올라온 것이 고향이었다. 분주했던 직장 업무가 사라진 자리에 고향 마을이 들어서면서 어린 시절이 선명하게 떠올랐고 시간이 흐를수록 나는 더 자주 그리고 깊숙이 향수에 젖었다.

"시간을 되돌릴 수 있다면 얼마나 좋을까?" 나는 간절한 목소리로 말했다. "생각나? 당신네 강아지가 죽었을 때 바다 건너 어딘가에서 살고 있을 거라고 했잖아?" 남편은 그걸 기억하고 있었다. 여름이면 아이들은 들판 너머 바다로 달려갔다. 아이들은 얕은 바닷물에서 헤엄을 치며 놀았다. 문득 고개를 들어 멀리 바라보면 깊은 바다 건너에 무

엇이 있을지 궁금했다. 할머니는 "거긴 세상 끝이지." 하고
대답했는데 나는 할머니의 말을 생명체가 죽으면 가는 곳
으로 받아들였던 것 같다. 어쩌면 해가 질 때 그곳으로 넘
어가기 때문에 그런 생각을 했을 수도 있을 것이다. "사라
진 것들을 저 바다 건너에서 다시 만날 수 있다면 정말 좋
을 것 같지 않아?" 나는 실없는 소리를 하고는 다시 킥 웃
음을 터트렸다.

　남편이 바위에서 일어서더니 손가락으로 둥글게 원을
그렸다. "여기서부터 저 끝까지야." 남편이 원하는 땅이었
다. 나도 자리에서 일어나 남편의 시선을 따라 눈앞에 펼
쳐진 구릉지를 살폈다. 바위 아래로 경사가 완만한 지형이
마을을 지나 바닷가로 넓게 이어졌다. "숲에 가려져 있지
만 저 안에는 어떤 가뭄에도 물이 마른 적이 없다는 샘이
있어." 원주민들 사이에서 내려오는 전설 같은 샘물이라고
했다. 능선 반대편은 국유지인데 비탈길을 내려가면 깨끗
하고 조용한 해안에 닿는다고 했다. "그 바닷가를 우리가
독차지할 수 있거든." 그쪽 해변의 경치는 우리가 거닐었
던 곳보다 몇 배 더 아름다우며 숲이 우거진 원시림 사이
로 비밀스럽고 경이로운 풍광이 펼쳐진다고 했다. "잔잔한

파도소리가 절벽에 울려 퍼지는데 선경이 따로 없어." 남편은 해식동굴이며 해안 사구 식물에 대해 말했다. "바닷가 식물은 일반 식물과 다르거든." 갯메꽃, 갯그령, 통보리사초, 솔장다리, 남편이 나열하는 이름들이 신비롭고 아름답게 들렸다.

이름에 비해 실물은 보잘것없을지도 모른다. 이름은 실제와 다른 이미지를 만들어내기 때문이다. 나는 그때 남편의 말에 넘어가지 말았어야 했다. 그렇지만 그 순간에는 불가항력적이었다. 남편이 내게 들려주는 언어들이 만들어내는 환상에 취했고, 그래서, 좋아, 하고 그만 허락을 하고 말았던 것이다. 바위에 걸터앉아 신세계를 건설하는 꿈에 젖었던 우리는 장차 우리의 소유가 될 넓은 땅을 가로질러 마을로 내려왔다. 마르지 않는 샘에서 흘러내리는 작은 계곡물도 보았다. 신바람이 난 남편은 비탈길을 내려오는 내내 들뜬 목소리로 마구 떠들어댔다. 그답지 않은 일이었다. "저기 널려 있는 것들이 우산나물이야. 꼭 파라솔들을 쫙 펴 놓은 것 같지? 굉장하지 않아?" "쟤들은 이름이 나비나물이야. 잎이 나비 날개 같아서 이름이 나비나물이야. 어때? 이름이 예쁘지?" "저게 더덕이야. 향기가 대단해. 더덕이 많이 난다구." "우리 땅에는 별의별 식물들이다 있는 거야. 대단하지 않아?"

우리를 태울 배는 이웃 섬에서 승객들을 싣고 제시간에 맞춰 선착장으로 들어섰다. 만약 그날 안개나 바람으로 배가 오지 않았더라면 그 섬을 오고가는 길이 험난한 줄 알았을 테고 나는 그 땅의 매입을 반대했을지 모른다. 그러나 그때는 나의 환상을 깨트릴 만한 어떤 일도 일어나지 않았다. 배는 시간에 맞춰 출발했고 크고 작은 무인도를 지나면서 몇 개의 유인도를 경유하며 승객을 태웠다. 그 배가 정착한 큰 섬에서 조개 칼국수로 점심을 먹고 다시 큰 배로 갈아타고 집으로 돌아왔다, 모든 게 이상하리만큼 순조로웠다. 나는 그 섬에 대한 여운이 남은 채로 그 땅을 계약했고 서둘러 잔금을 치르고 우리의 소유로 만들었다. 대지와 농지, 임야가 골고루 있었다. 대지에는 여러 해 전에만 해도 집이 있었는데 빈 집을 허물면 나라에서 보상비를 준다고 해서 헐었다고 했다. 머위와 조릿대가 점령한 집터에 우리는 근사한 집을 지을 계획을 세웠다.

그 섬이 감추어 둔 검은 것들을 보여주지 않았으므로 나는 그것의 단점이나 위험성을 전혀 알지 못했다. 예를 들면 섬이 왜 죄수들의 유배지였는지 따위를 생각하지 못했던 것이다. 우리의 소유가 된 넓은 땅과 마르지 않는 샘물과 식물들의 향기와 비밀스런 해안과 기분 좋은 바람과 찰랑이는 파도 소리만 생각했다. 우리는 본격적으로 그 땅에 우리의 고향이며 우주를 건설하기 위한 준비에 들어갔다. 넓은 땅을 다시 측량하고 전기와 수도를 놓을 계획을 세웠다. 그러나 세상 대부분의 일이 그런 것처럼 우리의 계획은 순조롭게 진행이 되지 않았다. 시간이 흘렀고 군청에서 통지서가 날아들었는데 농지에 농사를 짓지 않으면 투기로 간주하겠다는 경고장이었다. 봄이 되었을 때 우리는 약간의 농기구와 씨앗을 들고 그 섬으로 들어가야 했다. 두 번째 입도였다. 그때부터 벌써 그 섬은 다른 얼굴을 드러내기 시작했는데 나는 그것을 얼른 알아채지 못했다.

배를 타는 일부터 쉽지 않았다. 안개가 문제였다. 연안부두 여객터미널에서 안개가 걷히기를 기다리다 발걸음을 돌려야 했다. 헛걸음을 두 번 하고 다시 배표를 예약했다. 터미널로 가는 길에 "또 무슨 이유로 배가 안 뜰지 모르는 거잖아?"하면서 내가 빈정거렸는데 남편은 바다 날씨를 검색해 보았다며 걱정하지 말라고 했다. 과연 배는 제 시간에 출항을 했고 큰 섬에 닿았을 때 군도를 왕래하는 작은 배가 선착장에서 우리를 기다리고 있었다. 그 작은 배가 다른 섬을 경유할 때였다. 바람을 가르며 헬리콥터가 떠오르고 있었다. 작은 섬에서 뜨는 헬리콥터는 어마어마하게 크게 느껴졌다. 굉음과 함께 공중으로 날아오른 헬리콥터는 방향을 바꾸어 산등성이를 넘어 육지로 아스라이 사라졌다. "누가 다친 모양이네." "그래서 이런 곳에서는 못 살아요." 배 난간에 기대어 서 있던 남자 승객과 여자 승객이 주고받는 대화를 나는 심각하게 듣지 않았다.

민박집에 짐을 푼 뒤 우리는 호미와 삽을 들고 우리 땅으로 걸어갔다. 민박집에서 멀지 않았는데 보건소 건물을 돌아서 돌담 집을 지나면 그곳에서부터 우리 땅이 시작되었다. 우리는 농사짓는 모습을 사진으로 찍어서 군청에 제출하기로 했다. 편편한 곳에다 씨앗을 심었다. 우리의 농사일은 금방 끝이 났다. 집터 뒤로 오솔길이 있었다. 우리는 오솔길을 따라 그 길이 끝나는 곳까지 걸었다. 오솔길에서 내려다보이는 마을 풍경을 찍으면서 숲속 모습까지 카메라에 담았다. 아기들 손처럼 불쑥불쑥 솟아오른 새싹들이 아름다운 군락을 이루고 있었다. 진귀하게 보이는 그 식물의 이름이 궁금했다. 산나물을 채취하고 귀가하는 마을 노인에게 내 사진기 속 새싹들을 보여 주었다. "아, 이건 천남성이라고 독풀이야." 나는 놀란 눈으로 노인을 바라보았다. "이렇게 예쁜데 얘들이 독을 품고 있다고요?" "그렇다니까. 옛날에 궁궐에서 사약 만들 때 썼다고 했어." 무서운 독풀, 천남성과 대면을 했을 때 나는 섬이 품고 있는 위험을 알았어야 했다. 그러나 여전히 섬의 신비한 풍경에 취해 있었으므로 섬의 검은 얼굴이 보이지 않았다.

두 번의 결항을 겪어 보았기 때문에 다시 그 섬으로 가게 되었을 때는 일기예보를 꼼꼼하게 살피고 여행 날짜를 정했다. 배는 제 시간에 출항을 했다. 섬에 도착해서는 우리 땅에서 자라고 있는 나물들을 채취하고 해변을 산책했다. "야호, 여기가 낙원이다. 날아라, 우주를. 나는 자유다." 내가 소리를 지르고 남편은 웃었다. 그런데 아침에 눈을 떠보니 비가 내리고 있었다. 분명 일기예보에서는 비 소식이 없었는데 희뿌연 안개 속에서 비가 내리고 있었다. 식사를 마치고 밖으로 나왔을 때 비는 그쳤는데 굉장한 광경이 눈앞에 펼쳐졌다. 바다가 안개를 꾸역꾸역 내뿜고 있었다. 대형 솥단지에서 하얀 김이 펄펄 올라오는 것 같았다. 일전에 출항을 기다리며 지켜보았던 연안부두의 안개와는 다른 종류의 안개처럼 보였다. 바다가 뿜어대는 안개는 순식간에 마을과 섬을 덮치고 우리는 하얀 장막에 갇혀 버렸다. 가까이 있는 것들도 하얀색에 막혀 보이지 않았다. "지리산에서 보았던 칠흑 같은 어둠 생각나?" 내가 남편에게 물었다. 오래전 그믐밤에 지리산에서 만났던 세상은 까만색이었다. 남편은 말없이 하얀 안개 속에 서 있었다. "지리산 까만색보다 여기 흰색이 더 무섭다." 내가 소리를 지르자 안개에 묻힌 남편이 큰 소리로 말했다. "해가 나오면 안개가 흩어질 거야." 나는 고개를 들어 하늘을 보았는데 해는커녕 하늘도 없었다.

안개에 갇혀 민박집 방에서 텔레비전을 보고 있었다. 남편이 창밖을 내다보더니 해가 나왔다며 짐을 챙기는 것이었다. 해는 안개를 뚫고 빼꼼 얼굴을 내밀고 있었다. 우리는 해가 안개를 빨리빨리 흡입해 주기를 바라면서 선착장으로 향했다. 그러나 해의 출현에도 아랑곳하지 않고 거대한 바다는 여전히 엄청난 양의 안개를 뿜어내었다. "우주짐승이 연기를 토해 내는 것 같지?" 남편의 말에 나는 짐승을 괴물로 수정했다. 안개를 헤치고 선착장에 닿았을 때는 섬이 꼭대기부터 어렴풋이 형체를 드러내기 시작했다. 그러나 안개는 더디게 걷혔다. "안개가 너무 두꺼워서 해가 열 개는 있어야 될 것 같아." 나는 비명을 지르면서 선착장을 서성였다. 남편은 안개가 비경을 연출하고 있다며 감탄을 했는데 나는 그런 남편에게 화가 났다. 선착장에서 배를 기다린 지 한 시간쯤 되었을 때 짙은 안개로 인하여 선박을 운항하지 않는다는 핸드폰 문자 연락이 왔다. 두려움이 엄습하면서 불현듯 섬이 몹시 위험한 곳이라는 생각이 드는 것이었다. "안개 때문에 섬으로 들어올 수 없다는 것만 생각했어. 섬에서 나갈 수 없다는 생각은 왜 못했던 걸까?" 집에서 나올 때 우리는 섬에서 하룻밤 지낼 준비만 했던 것이다.

"예전 같았으면 이만큼 안개가 걷히면 배가 떴어요." 민박집으로 돌아온 우리를 보고 민박집 남자가 말했다. "세월호 사건 뒤로는 웬만하면 배가 안 뜨더라고요." 민박집 여자가 설명을 덧붙였다. 배를 운항하지 않는다는 연락을 받은 지 한 시간도 안 되어 그 많던 안개가 거짓말처럼 싹 사라졌다. 구름 한 점 없는 파란 하늘에서 햇빛이 눈부시게 빛났고 바닷물은 유리처럼 매끄럽고 맑았다. "다시 연락이 오지 않을까요? 배가 뜬다고." 마당에서 그물을 손질하고 있는 부부에게 내가 물었다. "그런 일은 없어요. 섬에서 사는 게 원래 이래요." 민박집 여자는 바삐 손을 놀리며 대답했다. 섬에 갇힌 우리는 하릴없이 방에 누워 텔레비전을 보면서 시간을 보냈다.

날씨는 하늘에 맡겨야 한다며 남편은 일찍 잠자리에 들

었다. 나는 무시무시했던 안개에 짓눌려서 잠을 이룰 수 없었다. 광활한 우주를 닮았다고 여겼던 섬이 비좁은 감옥처럼 느껴졌다. 가슴이 답답했다. 좁은 섬 안에 갇혀 있는 사람이 몇 사람이나 될까 손가락으로 헤아려 보았다. 섬 주민들과 선착장에서 만났던 캠핑객까지 대략 스무 명 안팎의 사람들이 섬에 유배되었다는 생각이 들었다. 날씨가 걱정이 되어서 자리에서 일어나 창밖을 보았더니 밤하늘에서 별이 총총 빛나고 있었다. 가까스로 잠이 들었다가 깨었는데 거짓말처럼 굵은 비가 주룩주룩 내리고 있었다. 예측할 수 없는 날씨가 나를 어지럽게 했다. "비가 세차게 계속 내리는 날에는 수온이 오르지 않아서 안개가 끼지 않아요." 민박집 여자가 나를 안심시켰다. 그러나 나는 여전히 불안했다. 다행스럽게도 선박 회사로부터 배가 온다는 문자 연락이 왔다. 서둘러 민박집을 나섰다. 배가 선착장에 나타났을 때 초조하게 배를 기다리던 사람들의 얼굴이 환하게 밝아졌다. 해방감은 섬으로 올 때 느끼는 감정으로 알고 있었는데 섬을 나갈 때 오히려 강렬해진다는 것을 알았다.

"사장님이 탐을 내던 그 돌담집이 나왔어요." 민박집 여자로부터 전화가 왔다. 병원비가 필요한 노인이 집을 급히 판다고 했다. 나는 안개의 충격에서 헤어 나오지 못하고 있었다. 남편에게 그 섬에 가고 싶지 않다고 말했다. "그까짓 해무 때문에?" 남편은 무슨 말인가 더 하려다가 그만두었는데 나는 묻지 않았다. 우주나 고향을 들먹이고 싶었을 것이다. "풍경은 눈으로 보는 거지, 돈으로 사는 게 아니었어." 나는 고개를 저었다. 그 오지 섬 땅을 사다니, 모든 게 환상에서 비롯된 착오였다. 나는 보다 냉정했어야 했다. 남편은 현실에 어두운 사람이었다. 그것 때문에 당사자뿐 아니라 가족까지 고통을 겪게 했다는 걸 내가 잠시 깜빡 잊었던 것이다. 며칠 눈치를 살피던 남편이 조심스럽게 다시 집 얘기를 꺼냈다. "민박집에서 전화가 또 왔는데 집을 싸게 내놓는다고 한대." 남편은 그 섬에서 가장 예쁜 집이 그 집이라고 했다. 돌담 옆으로 동백나무가 몇 그루 서 있는 산기슭 기와집이었다. 그 집을 사는 것을 끝으로 그 섬에서 어떤 개발 행위도 하지 않겠다고 말했다. 곰곰이 따져 보니까 새로 집을 짓는 것보다 그 집을 사는 게 낫겠다는 판단이 들었다.

  "날씨를 엄청 살폈거든." 남편은 섬으로 들어갈 때나 나올 때나 문제가 없을 거라고 장담을 했다. 그런데 막상 여객터미널에 도착했을 때 대합실이 텅 비어 있었다. 터미널 직원이 배가 안 뜬다고 말했다. "왜 안 떠요?" 내가 물었다. "통제라서 안 떠요." "왜 통제인가요? 안개도 없는데요." "겨울철 비수기잖아요." 어느 정도 승객이 있어야 한다는 것이었다. 다시 날을 잡아야 했다. "주말이라서 손님이 있을 거야." 토요일에 출항하는 표를 예매했다. 터미널에 도착했을 때 여행객으로 북적이는 속에서 안내판부터 살폈다. 모든 항로의 배가 다 출항한다는 글씨가 떠 있었다. 안심이 되었다. 그런데 또다시 문제가 생겼다. 큰 섬에 도착해서 작은 배가 정박한 곳으로 갔더니 안개 대기 중이라고 했다. "이럴 것 같으면 아까 터미널에서 미리 알려 주었어야지요." 남편이 선원에게 화를 냈다. 나도 남편을 거들었다. "이 배를 타려고 여기까지 왔는데요." "햇살이 더퍼지면 안개가 걷힐 거예요." 선원은 심드렁하게 말했다.

섬 터미널 대합실에서 안개가 걷히기를 기다려야 했다. 시골 버스 정류장 같은 나무의자에 사람들이 나란히 앉아 있었다. "처음 보는 얼굴인데, 어디까지 가세요?" 초로의 남자가 남편에게 물었다. 남편이 섬 이름을 댔다. 그는 옆에 있는 섬에 살고 있으며 그 섬에서 이장 일을 맡고 있다고 했다. "아무래도 배가 안 뜰 것 같은데요." 그는 올해 안개가 더 유난스럽다고 말했다. "옛날엔 이만한 날씨쯤 아무렇지도 않게 배를 탔는데 말이야." 터미널 창밖을 내다보며 서성이던 노인이 입을 열었다. "내가 배를 타고 안 가본 데 없이 전국 팔도를 다 돌아다닌 사람이라구." 노인은 또 다른 섬에서 살고 있는 주민이었다. "그때는 말이야. 여기 섬 속에서 수천 명이 살았어. 지금은 사람이 안 사는 장거도에도 색주집이 있을 정도였으니까." 섬이 번창했던 시절을 노인은 생생하게 그려냈다. "우리나라에서 세금을 많이 내는 부자들이 다 여기서 나왔지." 60년대까지만 해도 밀어 우는 소리에 잠을 이루지 못할 정도로 고기가 많이 잡혔다고 했다. 노인의 입을 따라 수십 년의 시간이 눈앞에서 흘렀다. 노인의 말에 남편은, 그런 건 몰랐어요, 아, 대단했네요, 하면서 연신 고개를 주억거렸다. "내가 말이야. 이북에도 끌려갔다 왔어. 거기 갔다 와서 망가진 사람들 많았지. 간첩으로 몰렸어. 내가 끌려갔을 때는 그쪽에서 잘 해 줬어. 여기서도 그때는 괜찮았어. 운이 좋았지. 내가 거기서 김일성을." 의자 끝에 앉아 있던 노파가 황급히 자리에서 일어나서는 영감탱이가 주책을 부리고 있다며 욕설을 퍼붓는 바람에 노인의 이야기는 중단이 되었다. "마나님에게 혼이 나셨네. 아무튼 옛날엔 정말 좋았지요. 지금은 모두 떠나서 학교도 없어지고 어린애와 젊은 사람이 없어요." 이장이 노인을 대신해서 마무리를 지었다. 주민들은 우리를 하루 이틀 묵을 여행객으로 여기는 것 같았다. 당연한 일이었다.

난방이 되지 않는 썰렁한 대합실에서 내다보이는 바깥 풍경은 음산했다. 잔뜩 찌푸린 겨울 하늘과 검은 바다를 뒤덮은 자욱한 안개는 좀체 걷히지 않았다. 안내 방송이 흘러나왔다. "금일 출항 예정이었던 승리호는 안개로 인하여 통제되었습니다." 출항을 기다리던 주민들이 웅성거렸다. 낚싯배를 부른다고 했다. 우리에게 배를 탈 거냐고 물었다. "저 안개 속으로 들어간다고요?" 나는 놀란 눈으로 그들을 바라보며 고개를 저었다. "별거 아니라니까." 이북으로 끌려갔었다는 노인은 무서울 게 하나도 없다고 말했다. "저희는 다음에 다시 와야겠어요." 남편도 노인의 제안을 사양했다. 낚싯배를 탈 사람은 네 개의 섬 주민, 8명이었다. 이장이 어디론가 전화를 했다. "관광객한테나 그렇게 받고 우리는 주민이니까 40만 원만 받아." 합의가 끝났는지 즉석에서 5만 원씩 돈을 걷었다. "큰 섬에서 하룻밤 자려면 민박이 5만 원이거든요." 식사비까지 합하면 배를 빌려서 가는 편이 낫다고 했다. "내일도 모레도 배가 뜬다는 보장이 없어." 노인은 우리와 헤어지는 걸 아쉬워했다. 우리는 그들을 배웅하러 선착장으로 나갔다. 작은 어선이 선착장으로 들어섰고 주민들이 그 배로 올라섰다. 안개 가득한 겨울 바닷길을 낚싯배로 가다니 나는 그들이 몹시 걱정되었다. 우리는 그들을 태운 작은 배가 안개 속으로 들어가는 모습을 지켜보았다.

남편은 그 집이 다른 사람에게 넘어갈까 봐 조바심을 쳤다. 하는 수 없이 연휴가 시작되는 세밑에 다시 그 섬에 가기로 했다. 그날은 겨울비가 내렸다. 우산을 챙겨 들고 연안부두로 달렸다. 굵은 비가 쏟아지는 바람에 시야가 선명하지 않았다. 배가 뜨지 않을 수도 있겠다 싶었는데 출항을 한다고 했다. 나는 군도를 순항하는 작은 배도 뜨냐고 물었다. "확실히 뜨지요?" 거듭되는 나의 질문에 매표 직원이 연방 고개를 끄덕였다. 직원이 장담했던 대로 큰 섬에서 내리자 우리를 태울 작은 배가 기다리고 있었다. 안개만 아니라면 출항이 통제되지는 않는 거라는 생각이 다시금 들었다. 먼 바다로 나가자 바닷바람이 거세게 불었고 물결이 크게 출렁거렸다. 뱃멀미를 하는 내게 남편은 겨울이라서 바다가 험악하다며 계절 탓을 했다. 그러나 우리를 맞은 민박집 여자는 대뜸 "내일 바람이 있을 것 같은데, 잘못 오셨네." 하는 것이었다. "바람이요?" 나의 되물음에 여자는 자기 남편을 턱으로 가리키며 "저이도 얼마 전에 육지에 나갔다가 풍랑 때문에 열흘 만에 들어왔는걸요." 하는 것이었다. 풍랑, 그 단어가 커다란 파도로 변하여 나를 삼킬 듯 밀려왔다. 집채만 한 파도에 휩쓸려 배가 침몰하는 광경은, 영화나 책을 통해 바다에서 일어나는 일상처럼 내 머리에 입력된 것이었다. 그런데 나는 그 섬을 풍랑과 연결시킨 적이 한 번도 없었다. 나는 왜 풍랑의 위험을 한 차례도 염려해 본 적이 없었는지, 항해를 방해하는 날씨가 오로지 안개뿐이라고 생각했는지, 나 자신이 괴이하게 여겨졌다. 어떻게 풍랑을 까맣게 잊고 있었던 걸까, 그 생각에 골몰하고 있는데 집을 보러 간다고 했다.

가까이 보니까 집이 많이 낡았다. 수리하려면 만만찮은 비용이 들 것이 확실했다. 집주인이 원하는 집값은 비싸다는 생각이 들었다. "여기 사람들은 싸게 내놓은 거라고 하는데요." 민박집 여자가 섬 주민 입장에서 말을 했다. 육지 사람인 나는 비싸다고 주장을 했다. 이런 곳에 누가 와서 산다고, 한 번 들어오기도 힘든 오지에, 하고 나는 속으로 중얼거렸다. 한밤중에 눈이 떠졌다. 얼른 일어나 밖을 살폈다. 맑은 하늘에 별들이 빛나고 있었다. 해변에 늘어선 보안등 불빛에 비치는 바다 물결도 잔잔했다. 다시 잠이 들었다. 아침을 먹으러 안채로 갔을 때 민박집 여자가 "아무래도 배가 안 뜰 것 같은데요." 하고 말했다. "새해를 여기서 맞으라고요?" 내 말이 떨어지자마자 핸드폰으로 문자가 날아왔다. 출항 예정이던 배가 기상 악화로 인하여 통제되었다는 것이었다. "안개도 없고 날씨가 이렇게 좋은데 무슨 기상 악화예요?" 내가 물었더니 여자는 "풍랑이 있잖아요. 예전 같았으면 이만한 날씨에는 배가 오는데 세월호 때문에 아주 빡빡해졌어요." 하고 대답했다. "내일도 안 오면 어떡하지요?" 불안해하는 나에게 민박집 남자가 말했다. "내일은 배가 와요. 나는 일본 일기예보도 같이 보거든요. 그것까지 보면 거의 정확하게 맞아요." 그가 장담했던 대로 배는 왔고 새해 첫날 우리는 그 섬을 나왔다.

　그 집은 다른 사람에게 팔렸다. 내가 제시했던 가격에 민박집 여자의 동생이 그 집을 샀다고 했다. "남 좋은 일 시키려고 우리가 그 고생을 했던 거야?" 흥정을 붙여놓고 중간에서 집을 가로챈 여자 때문에 화를 내고 있는 내게 남편은 이동식 주택을 제안했다. 나는 그 섬에 지쳐 있었다. "그것으로 만족할게." 남편은 처량하게 말했다. 집을 어디에 앉힐지 살피기로 했다. 우리는 섬을 출입할 때 피해야 할 사항에 대해 잘 알게 되었으므로 첫 방문 때처럼 단번에 섬으로 들어서게 되었다. 민박집 부부는 집 때문에 미안했는지 곰살맞게 굴었다. 나더러 새를 찍어 보라고 했다. 목숨을 걸고 서해를 건너온 철새들이 처음으로 만나는 휴게소가 그 섬이라고 했다. 지쳐서 죽는 놈들도 있다고 했다. "여기까지 날아와서는 기진맥진해서 죽는 거지요." "여러 종의 새들이 엄청 날아와요." "그런데 새들이 오래 있지를 않더라고요. 며칠 있다가 가버려요." "먹을 게 없어서 그런가 하고 쌀도 뿌려봤는데 그냥 가버리더라고요." 부부의 철새 탐조 권유에 나는 카메라를 들고 집을 나섰다. 남편은 반대편 해안으로 가보자고 했다. 남편이 내게 보여주고 싶다던 그 해안이었다.

 "그 섬에 가고 싶지?" 내 물음에 바다를 바라보던 남편이 고개를 끄덕였다. "재활 치료만 끝내면 갈 수 있을 거야." 남편은 고개를 돌려 나를 바라보았다. 남편의 눈에 생기가 돌았으므로 나도 모르게 입가에 미소가 지어졌다. 그러나 그의 야윈 얼굴이 내 가슴을 시리도록 아프게 했다.

내가 카메라를 가지고 가지 않았더라면, 민박집 부부가 철새 얘기를 꺼내지 않았더라면, 반대편 해안으로 가지 않았더라면, 그 모든 일이, 그러니까 남편이 절벽 아래로 굴러 떨어지고, 헬리콥터가 날아오고, 남편이 병원에 입원하게 되는 사건은 일어나지 않았을 것이다. 나는 손에 들고 있던 빨대를 꽂은 물병을 남편 입에 물려주었다. 남편은 오랫동안 물을 빨아들였다. 하얗게 야윈 목에 핏줄이 파랗게 뛰어 올랐다. "해변을 산책하면 금방 회복이 될 거야." 그를 걷게 하기 위해서 나는 그 섬엘 가야 한다고 생각했다. 어차피 이 세상에 위험하지 않은 곳은 없는 것이고, 쉽게 이루어지는 일도 없는 것이니까, 나는 그 섬에 관한 것도 마찬가지라고 생각하기로 했다. "당신이 살았던 그 집하고 똑같은 집을 짓는 거야. 우리 동네에서 과수원집이 제일 예쁜 집이었잖아." 남편은 빙그레 웃었지만 피곤해 보였다. 남편은 웃지 않는 사람이었다. 아니 남편도 젊었을 때까지는 웃었으니까 웃음을 잃어버린 사람이었다. 그 섬은 남편을 웃게 할 것이다. "이제 들어갈까?" 나는 휠체어의 잠금장치를 풀고 병실로 향했다.

이웃

옆집 남자들이 떠드는 소리가 들렸다. "이게 무슨 소리냐?" 침대에 누워 있던 어머니가 상체를 일으키며 내게 물었다. 어머니는 발에 깁스를 하고 있었다. "상학이네가 이사를 가요." 어머니는 물끄러미 내 얼굴을 바라보았다. 어머니가 무슨 생각을 하는지 알 수 없었다. 내 정신이 온전하지 않구나, 어느 때부터인지 어머니는 자신의 증세를 자각하기 시작했는데, 머리에 먹구름이 낀 거야, 하는 진단을 스스로 내렸다. 어머니는 자신의 머리에서 맑은 날이 완전히 사라질 때가 올 거라고 앞날을 예언하기도 했다. 어머니는 자신의 머리를 뒤덮은 먹구름을 헤치고 현실을 똑바로 인지하기도 했지만 증상이 심할 때는 나를 고향집 아주

머니로 때로는 오래전에 살았던 옆전 동네 언니로 착각하
기도 했다. 나와 동생들은 어머니의 상태를 점검하면서 어
머니의 머리에 낀 먹구름을 몰아내려고 무척 애를 쓰긴 했
다. 그러다가 어머니의 반응에 일일이 대응을 하는 게 오
히려 어머니를 힘들게 한다는 사실을 깨닫게 되었고, 서
로에게 쉬운 길을 선택하기에 이르렀다. 우리는 어머니를
무심하게 상대하고 자연스럽게 행동하기로 했는데 그렇
게 되기까지 꽤나 시간이 걸렸다. "이사 가는 거 보고 싶
어요?" 내가 물었더니 어머니는 괜찮다고 했다. 나는 어
제 상학이 어머니가 인사를 왔었지 않느냐고 물으려다 그
만두었다. 어머니는 다시 눕고 싶다고 했고 나는 어머니가
잠이 드는 것을 확인하고 마당으로 나왔다.

　나는 발자국 소리라도 날까 봐 살금살금 걸어가서 담
장 벽에 몸을 숨기고는 대문 틈으로 밖을 내다보았다. 옆
집 아들들이 트럭에 이삿짐을 올리고 있었다. 트럭은 페인
트 일을 하는 둘째 아들의 것이었다. 내가 자기들을 엿보
고 있다는 것을 알게 되면 그들은 기분이 나쁠 것이다. 나
는 숨죽여 바깥 동정을 살피면서 어쩌면 내 못된 마음을
그들에게 들키고 싶지 않은 것인지도 모르겠다는 생각을
했다. 나는 그들이 망하기를 간절하게 바란 적이 있었다.

지난 설날에 모였을 때도 늙은 어머니를 모시는 일을 두고 그 집 형제들이 티격태격 다투는 소리가 우리 집까지 들렸는데 안 됐다는 생각이 드는 한편으로 지난날 내가 품었던 심술궂은 마음이 슬며시 올라오는 것이었다. 그러나 그들의 어머니가 어제 우리 어머니를 찾아와서 "아줌니, 나는 이사 가는 게 싫어." 하고 말했을 때는 그들의 어머니가 몹시 가엾기는 했다. 젊은 날 그들의 어머니는 하숙을 쳤다. 길 건너 교육대학 학생도 있었지만 조금 떨어진 곳에 있는 대학교 학생들이 주로 그 집에 머물렀다. 그 대학이 공과대학으로 한창 유명세를 떨치던 때는 전국에서 몰려든 학생들이 우리 동네까지 점령했었다. 허허벌판이던 그 대학 인근으로 인가가 들어서고 교육대학이 이전하면서 그 많던 대학생들이 빠져나가자 하숙방들은 세입자들의 차지가 되었다가 끝내 빈방으로 남게 되었다. 무릎이 좋지 않은 그들의 어머니는 지팡이를 짚고 우리 대문을 넘어 간신히 마루로 올라섰다. 어머니는 발에 깁스를 했으므로 나의 도움을 받으면서 두 손으로 방바닥을 밀고 마루로 나왔는데 그들의 어머니를 다른 사람으로 착각했다. 서당골 오촌 아주머니가 오셨네, 하는 어머니의 혼잣말을 나는 들었지만 그들의 어머니는 듣지 못했을 것이다. 그들의 어머니는 우리 어머니의 손을 잡고 눈물을 흘리며 작별 인사를 했다. 어머니는 어리둥절하면서도 분위기는 이해를 한 듯했다.

나는 대문 틈으로 다섯 아들의 얼굴을 살펴볼 요량이었다. 머리가 희끗한 남자가 맏이일 거라고 추정했다. 맏이인 그의 이름을 따서 동네에서는 그 집을 상학이네라고 불렀다. 중학교 때 이사를 온 나는 막 사춘기로 접어들어서 그들과 어울리지 않았다. 아들만 있는 그 집과 반대로 우리 집엔 딸만 있었고 그 집 맏아들과 우리 집 맏이인 내가 동갑이었다. 그리고 나머지 형제들도 우리 자매들과 나이들이 엇비슷했다. 맏이인 중학생부터 막내 초등학생까지 서로 안면을 트기는 했지만 우리는 가깝게 지내지 않았다. 성인이 되어서는 어쩌다 가끔 골목에서 마주칠 때면 고개를 숙여 어색하게 인사를 하는 정도로만 우리들의 관계는 이어졌다. 머리가 희끗한 남자의 얼굴은 이제 영락없는 그의 할아버지의 얼굴이 되었다. 나는 그들의 할아버지와 할머니의 얼굴을 뚜렷이 기억하고 있었다.

그 집은 거간꾼이었던 그들의 할아버지가 지은 집이었다. 동네에는 세를 놓는 방들이 많았고 그들의 할아버지는 복덕방 일로 식구를 먹여 살렸다. 우리 도시 여기저기 공단이 들어서고 공장 지대가 확장되면서 방을 내놓기가 무섭게 세입자들이 들어오던 호시절이었다. 그들의 아버지는 병이 있어 돈벌이를 할 수 없었다. 공부를 많이 했다는 그들의 아버지는 언제부터였는지는 몰라도 항상 우리 동네 통반장이었다. 1962년에 그 집을 지을 때는 아주 잘 지은 집이었다고 했다. 우리 집 마룻대에 있던 상량문을 보고 나는 건축 연도를 알아냈다. 우리 집과 그 집은 같은 해에 나란히 지었다고 했다. 그 집은 우리 집과 구조가 달랐는데 장식이 촘촘하게 박힌 웅장한 한옥 대문은 열고 닫을 때마다 삐걱 소리가 났다. 대문 양옆으로 문간방들이 늘어섰고 그 방에 하숙생들이 기거했다. 그러나 다섯 형제들이 어른으로 성장하고 그들의 할아버지와 할머니와 아버지가 차례차례 돌아가시는 동안 집은 점점 낡아 갔다. 기다란 추녀와 부챗살처럼 박힌 서까래 사이에서 회칠이 떨어져 골목으로 쏟아지기도 했다. 벽도 조금씩 무너져 내렸지만 아들들은 집을 고치지 않았다. 오래되고 낡은 그 집을 살 사람이 있을까 싶었는데 팔렸다고 했다.

우리 집에도 방이 많았다. 수돗가가 있는 작은 마당을 둘러싸고 여섯 가구가 살았다. 세입자를 갈아들일 때면 그들의 할아버지가 소개를 했다. 우리 집 여섯 가구는 하나의 대문과 변소, 한 대의 전기 계량기와 수도 계량기를 공유하고 살았다. 아버지가 집에 머무는 날이 많지 않았으므로 세입자 관리는 온전히 어머니 차지였다. 다달이 월세를 받고 전기세와 수도세를 분배하는 것도 쉬운 일은 아니었지만 어머니는 세입자가 바뀔 때 가장 스트레스를 많이 받았다. 어떤 사람이 들어올지 걱정이 된다면서 맏이인 나를 붙들고 푸념을 했다. 도둑놈이 올 수도 있고, 깡패가 들어올 수도 있고. 어머니는 항상 나쁜 가능성에 무게를 두었다. 어머니도 이전 동네였다면 나를 말 상대로 택하지 않았을 것이다. 아이들을 낳고 키우며 십수 년 살아온 그 동네엔 대문은커녕 마루문이나 창문에 잠금 장치도 없었다. 어머니는 이웃들과 모든 걸 함께했고 모르는 일이 생기면 동네 할머니들에게 물으러 다녔다. 그런데 새로 이사를 온 낯선 동네에서 어머니는 맏이인 나에게 많은 걸 의지했다.

어머니는 세입자들과의 갈등을 일일이 내게 보고하듯 전달했다. 아직 세상 물정에 어두웠던 나는 어머니의 눈으로 세입자들을 보고 어머니 식으로 판단했다. 어머니가 그려준 그들의 부정적인 모습이 내게 각인이 되어 나는 어머니보다 더 그들을 싫어하기도 했다. 세입자들 중에서 가장 좋은 세입자는 홀로 지낸 여대생이었고, 그 다음은 남자 대학생, 다음은 할머니와 함께 섬에서 육지로 유학을 온 고등학생, 다음은 갓 결혼한 젊은 부부였다. 나쁜 세입자는 식구 수를 속이고 들어온 식구 많은 집이었다. 그 아주머니는 혼자 사는 과부인데 아들과 딸을 데리고 있다고 했다. 어머니는 그 집 식구가 셋인 줄 알고 방을 허락했다. 그런데 그 아주머니에게는 자식이 네 명이나 더 있었다. 그들이 이사를 갈 때까지 우리 집은 도떼기시장 같았다. 일곱 식구가 그 좁은 방에서 어떻게 생활했는지는 모른다. 그들의 불편을 생각할 아량 같은 건 아직 내게 없었다.

다리에 깁스를 한 어머니가 나를 부르고 있었다. 대문 틈으로 골목을 살피고 있던 나는 어머니에게 달려갔다. 어머니가 내 이름을 부르기는 했지만 그 이름이 어머니의 입에서 습관적으로 나오는 소리에 불과한 것인지 아니면 어머니의 머릿속에 있는 다른 인물에다 내 이름을 붙인 것인지 알 수 없었다. 나는 더 이상 어머니에게 내가 누구야? 하고 묻지 않았다. 어머니를 변기에 앉히고 나는 단지 심심해서, 상학이네가 이사를 가, 엄마 생각나? 상학이네 아버지가 못되게 굴었던 거? 그 식구들 때문에 우리가 얼마나 힘들었어. 그 집 할머니도 못되게 굴었잖아, 하면서 떠들었는데 어머니는 느닷없이 "지랄쟁이는 이사를 갔지?"

하고 묻는 것이었다. 나는 깜짝 놀라서 어머니를 바라보았다. 어머니는 심각한 얼굴로 내 대답을 기다리고 있었다. 어머니의 기억 속에서도 상학이 아버지와 지랄쟁이는 단단한 끈으로 이어져 있을 것이다. 그래서 상학이 아버지라는 내 말에 어머니의 머릿속 구름을 헤치고 지랄쟁이가 튀어나왔을 것이다.

지랄쟁이는 상학이 아버지에 대한 나의 적의가 시작된 지점이기도 했다. "지랄쟁이는 쫓아냈잖아요. 지랄쟁이는 이제 없어요." 하고 내가 말했는데 어머니는 "여자가 참 불쌍해. 여자가 사람은 참한데 남자 잘못 만나서 고생이다. 너는 좋은 남자를 만나야 한다. 그러려면 공부를 많이 해야 한다." 하는 것이었다. 노년에 들어선 나를 앞에다 놓고 어머니는 다른 시간의 나에게 말하고 있었다. 시공간이 혼돈된 어머니를 겪어 왔으므로 나는 알았어, 공부 열심히 할게, 얼른 대답을 하고는 자리에서 일어섰다. 지랄쟁이에 대한 기억은 어머니에게도 고통스러울 것이기에 나는 어머니의 그 기억을 확장시키고 싶지 않았다. 나는 접시에 어머니가 좋아하는 유과를 담아 어머니 앞에 놓고 텔레비전 볼륨을 높였다.

지랄쟁이는 우리가 겪은 가장 나쁜 세입자였다. "이를

어쩌면 좋아. 큰일 났다. 여자가 아주 얌전하게 생겨서 세를 주었는데, 오늘 이사 들어오는데 보니까 남편이라는 작자가 불한당처럼 생겼어." 학교에서 돌아온 나를 붙잡고 어머니는 그 남자 이야기를 꺼냈다. 이삿짐을 들고 대문으로 들어서면서 그 남자가 한 첫인사가 크악, 가래침을 뱉는 것이었다고 했다. 어머니의 불길한 예감은 적중했다. 그 남자는 아침에 눈을 뜨면 바다가 육지라면, 하는 조미미의 레코드판을 집이 떠나라 크게 틀었다. 부부가 역 앞에서 포장마차를 했는데 그 시각이면 부인은 어린아이 둘을 데리고 음식 재료를 사러 나가서 방에 없었다. 벽 하나를 두고 다른 방에 사는 아저씨는 밤에 일하고 들어와 잠을 자야 했다. 어머니가 전축을 끄라고 하면 일부러 더 크게 볼륨을 높였다. 어머니는 유행가라면 질색을 하는 사람이었다. 유행가를 좋아하면 정신이 나간다고 주장했다. 내 귀에 들어온 최초의 유행가는 이전 마을 스피커에서 흘러나오던 배호의 노래였다. 바닥을 기는 듯 굵고 음울한 목소리가 특이하다고 생각했지만 어쩐지 감정이 과장된 것 같아서 픗, 웃음이 나왔다. 어른들은 왜 폼을 잡는 거지? 유행가라는 게 원래 폼 잡는 노래인가? 생각했다. 동네 오빠가 나훈아를 좋아했다. 그 오빠는 틈만 나면 나훈아 흉내를 내면서 나훈아 노래를 불렀다. 나훈아에 대한 나의 느낌은 징그럽다, 이었다. 그런데 그 남자 때문에 조미미의 노래는 상스럽다, 는 생각이 들었다.

그 남자와 옆방 아저씨가 싸움이 붙었다. 사람 착한 옆방 아저씨가 얼마나 화가 났는지 전축을 끄라고 소리를 지르다가 입씨름이 몸싸움으로 번졌다. 각기 방에서 튀어나온 두 남자가 장독대 앞에서 멱살을 잡은 것을 집 안에 있던 여자들이 전부 달라붙어 간신히 떼어놓았다. 그런데 그 못된 남자는 자기 이마를 장독대 벽에다 짓찧고는 피를 철철 흘리면서 병원비 물어내라고 악을 썼다. 우리가 학교에 간 사이에 벌어진 일이었다. 어머니는 경찰서에 증인으로 불려갔다 오느라 저녁밥을 짓지 못했다. 우리는 한밤중에야 저녁을 먹을 수 있었다. 어머니는 얼마나 놀랐는지 가슴이 두근거리는 증상이 오랫동안 진정되지 않았다. 착한 아저씨네가 이사를 갔다. 나쁜 사람은 굳건하게 버티고 착한 사람이 쫓겨난다는 건 불공평하고 억울한 일이었다. "왜 착한 사람이 밀려야 하는데?" 내 질문에 어머니는 조금 생각을 하다가 대답했다. "나쁜 놈들은 인정사정없거든. 늑대가 덤비면 어떻게 해야 하나? 도망을 가야지." 어머니는 나쁜 사람을 만나면 무조건 피해야 한다고 말했다.

나는 어머니의 그 의견에 동의할 수 없었다. 나는 나쁜 사람은 무찔러야 한다고 생각했다. 세입자들도 나와 생각이 같았다. 그런데 세입자들은 주인이 나쁜 남자를 쫓아내야 한다고 주장했다. 어머니는 나쁜 남자를 당해낼 수 없었다. 왜 나쁜 사람은 힘이 센가? 그때 품었던 의문은 오래 나를 따라다녔다.

그 남자는 걸핏하면 부인과 어린 딸들을 때렸다. 빗자루나 파리채나 술병이나 손에 잡히는 대로 집어 들었다. 아이들과 부인이 마당으로 뛰어나와 무릎을 꿇고 두 손을 비비면서 용서를 빌어도 남자는 머리채를 잡고 방으로 끌고 들어갔다. 와장창, 땡그랑, 물건 깨지는 소리에, 아악 살려주세요, 금방이라도 숨이 넘어갈 것 같은 비명에, 고통스런 신음에, 지옥에서나 들릴 법한 소리들이 한참을 이어지다가 조용해졌다. 아주머니들이 그 부인에게 도망을 가지 왜 그러고 사느냐고 물었다. 도망을 가봤는데 가는 곳마다 찾아와 죽이겠다고 설쳐서 어쩔 수 없었다고 했다. 친정 식구들을 협박하기도 하고, 두 딸을 인질로 삼아 괴롭히기도 했다. 부인은 모든 걸 체념하고 그냥 그 남자와 살기로 했다는 것이었다. 그 남자가 어린 둘째를 물이 가득 담긴 항아리에 집어넣은 것을 꺼내서 간신히 살려냈다고 했다. 밤

110

낮으로 부인의 등에 매달려 있는 둘째가 인지 능력이 떨어지게 된 게 아버지인 그 남자 때문이라고 했다.

언제부턴가 그 남자는 지랄쟁이로 불렸다. 사람들이 늦잠을 자는 일요일 아침, 그날도 지랄쟁이는 비명과 신음이 낭자한 끔찍한 지옥을 만들어내고 있었다. 방방에서 남자들이 뛰어나와 지랄쟁이를 반쯤 죽여서 버르장머리를 고쳐놓겠다고 나섰다. 부인이 남자들을 가로막고 애원을 했다. 아이 아빠가 원래 착한 사람인데 월남전에 다녀온 다음 정신이 이상해졌다며 이해해 달라고 빌었다. 잘 먹고 푹 쉬어서 몸 상태가 좋으면 괜찮은데 몸이 허약해지면 이상 행동을 한다는 것이었다. 가엾은 부인의 만류에 격분했던 남자들이 자기네 방으로 들어갔다. 그러나 지랄쟁이의 사연을 알게 된 세입자들은 더 불안해졌다. 그 지랄쟁이가 집에다 불을 지를 수도 있고, 아무에게나 불쑥 칼을 들이밀 수 있다는 것이었다. 세입자들은 어머니에게 결단을 요구했다. 어머니는 물러설 자리가 없었다.

"오늘은 무슨 일이 있어도 방 빼라고, 다짐을 받아야겠다." 늦은 아침밥을 먹으며 어머니는 우리들 앞에서 비장한 각오를 발표했다. 어머니는 응원군들이 많은 일요일을 결전의 시간으로 택했다. 설거지를 끝낸 어머니가 지랄쟁이네 방으로 들어갔다. 부인은 장사 준비를 하러 나가고 집에 없었다. 나는 동생들과 큰방에서 책을 읽고 있었다. 갑작스럽게 우당탕 소리가 났다. 지랄쟁이가 우리 집을 향해 닥치는 대로 물건을 집어 던지고 있었다. 문이 활짝 열린 마루와 방으로 빨랫방망이, 화분, 유리 거울, 사기 접시가 마구 날아들었다. 우리는 다락으로 올라갔다. "에고, 우리 애들 다 죽네. 우리 애들 다 죽어." 어머니가 울부짖었다. 어머니는 우리가 안전한 다락에 숨어 있다는 것을 몰랐다. 어머니는 우리들이 지랄쟁이가 던진 집기에 맞아서 피를 흘리는 상상에 사로잡혀 있었다. 세입자들이 모두 뛰어나오고 동네 사람들이 우리 집으로 몰려왔다.

다락 창문으로 마당이 내려다보였다. 마당이 구경꾼들로 발 디딜 틈이 없었다. 담장 바깥과 골목에도 구경꾼들이 들어찼다. 어머니는 "누가 순경 좀 불려 주세요. 파출소에 연락해 주세요." 소리를 지르다가 구경꾼들 맨 앞에서 팔짱을 끼고 서 있는 상학이네 아버지에게 매달렸다. 상학이 아버지는 어머니를 본체만체하고 꼼짝 않고 그 자리에 서서 지랄쟁이의 난동을 구경했다. 다락에서는 상학이 아버지의 얼굴이 가까이 보였다. 그는 우리 집의 재난이 고소하고 재미있다는 표정이었다. 나는 순간 지랄쟁이

보다 상학이 아버지에게 더 격한 적의를 느꼈다. 더 이상 집어 던질 게 보이지 않자 지랄쟁이는 양손을 허리에 걸치고 거드럭거렸다. "내가 누군 줄 알아? 해병대다. 귀신 잡는 해병대." "귀신을 잡는다고? 웃기시네." 다락 창문가에 숨죽이고 달라붙어 마당을 내려다보던 막내가 창문을 열고 소리를 질렀다. 지랄쟁이는 우리 딸들을 모욕하는 말을 쏟아냈다. 음란한 언어라는 걸 나는 알고 있었다. 어머니의 얼굴이 새하얗게 질리다 못해 파리해지는 걸 나는 보았다. 구경꾼들의 얼굴에 야릇한 웃기가 돌았다. 상학이네 아버지의 눈과 입가에도 비웃는 기색이 역력하게 드러났다. 겁이 많은 내 몸 속 어디에서 그런 용기가 나왔는지 모르겠다. 나는 다락문을 열고 어지러이 흩어진 파편을 피해 발을 디디며 마루로 나갔다. "이사 가요. 빨리 이사 가. 구경꾼들은 나가세요." 나는 미친 듯이 소리를 질렀다. 동생들이 합세를 했다. 우리는 그 남자가 던진 것들을 집어서 그 남자에게 되던졌다. 집기에 맞을까 봐 그랬는지 아니면 제정신이 돌아왔는지 지랄쟁이가 슬그머니 자기네 방으로 들어가 버렸다. 우리는 마당으로 내려와서 구경꾼들을 밀어내고 대문을 닫았다. 구경꾼들은 재미있는 사건이 싱겁게 끝이 난 걸 아쉬워하면서 발걸음을 돌렸다.

"우리 집에 아들이 없어서 우리를 얕보는 거야." 어머니는 며칠을 앓아누웠다. 어머니의 아들 타령은 시초를 알 수 없는 아득한 옛날부터 이어진 것이었다. 예전 동네에 살 때도 어머니는 아들 타령을 했다. 어머니가 아들 타령을 할 때마다 나는 우리 집에 무서운 저주가 내려졌다고 생각했다. 마녀의 마법에 걸린 우리 집을 향해 동네 할머니들은 쯧쯧, 쓸모없는 것들을 길러서 뭐해, 하면서 혀를 차기도 했다. 그래도 어머니는 이웃들과 스스럼없이 어울렸다. 나 역시 마을 사람들이 딸만 있는 집이라고 부르는 게 싫었지만 그들을 식구처럼 따르며 살았다. 그러나 새로 이사를 온 동네는 이전에 살던 염전 마을과 달랐다. 그들은 이웃을 경계하는 도회지 사람들이었다.

나는 맏이로서 그 모든 사태를 수습해야 한다고 생각했다. 아버지는 집에 있는 날이 드물었고 어머니는 연약했다. 그 동네로 이사를 온 뒤부터 어머니는 내게 어른으로서의 신뢰를 잃고 있었다. 나는 동네 사람들과 말을 섞어서는 안 되며 옆집 아들들과 놀지 않는다는 규율을 정해서 동생들 앞에서 공포했다. 그리고 힘을 합해서 지랄쟁이를 쫓아내야 한다고 선언했다. 인학이는 참 착한데, 하면서 막내가 아쉬워했지만 둘째가 막내에게 눈을 부라렸다. 인학이는 옆집 막내 이름이었다. 지랄쟁이 부인이 장사 준비를 하러 나간 다음, 내가 방문을 두드렸다. 어머니가 그랬던 것처럼 차마 부인이 있는 자리에서는 이사를 가라는 말을 꺼낼 수 없었다. "아저씨 방을 빼 주세요. 이사를 가세요." 나는 힘껏 목소리를 높였지만 그다지 소리가 크게 나오지는 않았다. "방을 빼라고요." 막내가 고함을 질렀다. 동시에 다른 동생들도 "이사를 가요." 합창을 했는데 지랄쟁이가 문을 벌컥 여는 바람에 우리는 기겁을 해서 멀리 달아났다. 수돗가에서 빨래하고 있던 어머니와 세입자 아주머니들이 달려왔고 섬에서 온 할머니도 방문을 열고 나왔다. "이거 시끄러워서 살 수가 있나. 자라나는 아이들 교육도 생각해야지." 할머니는 점잖게 말을 했다. 할머니의 손자가 러닝에 겉옷을 걸치며 뒤따라 나와서는 뻣뻣이 고개를 쳐들고 깔보듯이 말했다. "아저씨, 좋게 말할 때 이사 가세요." 손자는 깡패 학교로 전국적으로 소문이 난 고등학교에 다니고 있었다. 덩치도 크고 힘이 세 보였다. "아저씨가 역전 어디에서 장사하는지 다 알아요." 지랄쟁이는 머쓱한 얼굴로 서 있더니 슬그머니 대문을 열고 나갔다. 지랄쟁이네가 이사한 날 어머니는 사거리 정육점으로 달려가 소고기를 사 들고 와서 할머니네 방으로 들이밀었다.

접시에 담긴 유과를 다 먹은 어머니는 시끄럽다며 텔레비전을 끄라고 했다. 어머니는 책을 읽겠다고 했다. 나는 어머니 손에 책을 들려주었다. 어머니는 건성으로 책장을 몇 장 넘기다가 피곤하다고 했고 나는 어머니를 침대에 눕혔다. "나는 학교에 갑니다. 선생님이 난로에 불을 피웠습니다. 학생들은 책상 위에다 책을 펼칩니다…." 어머니는 책 없이 소리로 책을 읽었다. 학교에 다닌 적이 없는 어머니는 입으로 학교 풍경을 잘도 그려냈다. 다음에 다시 태어난다면 어떤 사람으로 살고 싶어요? 오래전에 내가 물었을 때 어머니는 공부를 많이 하는 사람이라고 대답했다. 종갓집 장손이었던 외할아버지는 여자라고 어머니를 학교에 보내지 않았다. 그렇지만 어머니는 오빠들 어깨너머로 일찍 한글을 깨쳤고 셈도 배웠다. 어머니는 딸들에게 집안일을 시키지 않았다. 일할 시간에 무조건 공부를 하라고 했다. 딸들의 교복이며 양말, 운동화까지 어머니가 전부 빨았다. 방 천장을 바라보며 소리 높여 책을 읽던 어머니는 잠이 들었다. 어머니는 어린아이처럼 잠을 자는 시간이 많았다. 어머니가 먹는 약 때문에 어쩔 수 없다고 했다.

나는 다시 마당으로 나가서 바깥을 살폈는데 둘째 아들

이 트럭에 올랐다. 첫째가 오라이, 하고 외쳤다. 트럭은 떠나고 다른 아들이 대문 밖으로 나왔다. 셋째나 넷째일 것이다. 골목에서 이삿짐을 나르는 아들은 셋뿐이었다. 두 아들은 없었다. 첫째 아들과 셋째나 넷째 아들일 것 같은 아들이 골목에 서서 담배를 피워 물었다. 내가 얼굴을 확실히 아는 것은 둘째뿐이었다. 둘째는 다른 형제들과 달리 뚱뚱한 편에다 가까운 곳에서 살아서 어머니 집에 자주 들락거렸다. 둘째는 이삿짐을 내리고 다시 돌아올 것이다. 대문 앞에는 아직 싣지 못한 이삿짐들이 있었다. 셋째이거나 넷째일 아들이 새로 이사한 집에서 다른 식구들과 이삿짐을 내릴 것이다. 셋째와 넷째는 연년생에다 어릴 적부터 외모가 비슷했다. 나는 지금도 둘은 생김새가 비슷할 거라고 생각했다. 막내는 오지 않을 것이다. 이태 전 자기 아버지가 돌아가셨을 때도 막내는 나타나지 않았다. 막내가 부친상에 참여할 수 없었던 것은 호주로 이민을 갔기 때문이라고 했다.

나는 그 집 막내가 이민을 가지 않았고 빚을 지고 도망을 다니고 있다고 생각했다. 아침 일찍 24시 편의점에 가던 길이었다. 부침개를 하려고 하는데 기름이 조금밖에 남지 않았다. 그 집 대문에 손바닥만 한 메모지가 붙어 있었다. 그 집 아주머니가 병원에 입원해서 집이 비어 있을 때였다. 나는 가까이 다가가 메모지를 읽어 보았다. 경찰서 수사과 경제팀 수사관입니다, 로 시작되는 쪽지였다. 고소 사건과 관련하여 방문했는데 가족들이 담당자에게 연락하기 바란다는 것이었고, 아래에 경찰서 전화번호가 적혀 있었다. 그 메모지의 당사자는 막내아들이었다. 나는 메모지에서 얼른 고개를 돌리고 급히 발길을 옮겼다. 눈썹이 짙고 살색이 유난히 흰 막내는 그 가족의 자랑이었다. 잘생긴 데다 영민한 아이였다. 나는 그 아이가 골목 평상에 앉아 책을 읽거나 그림을 그리는 모습을 자주 보았다. 어린 꼬마가 하모니카도 잘 불었다. 형들은 고졸로 사회생활을 일찍 시작해야 했지만, 막내는 장학생으로 대학에 들어갔다. 큰 회사에 다니다 사업체를 차렸다는 얘기를 들었다.

그들의 아버지에 대한 미움은 내 가슴 깊은 곳에 오래 남아있었다. 나는 그들의 아버지가 왜 우리 집을 못마땅하게 여기고 괴롭히기까지 했는지 오랫동안 그 이유를 알지 못했다. 그러다가 어느 날 문득 깨닫게 되었는데 그런 것이 나이의 힘이라고 나는 믿고 있다. 나이의 힘은 아버지가 즐겨 쓰던 말이었다. 젊어서 전국을 돌며 바쁘게 일만 했던 아버지는 노년이 인생에서 가장 좋은 때라며 오래 살아야 한다고 했다. "나이가 알려주는 게 얼마나 많은지 알게 될 거다. 젊어서는 안 보였던 것들이 보이거든." 아버지의 말처럼 나 역시 어떻게 그럴 수 있지? 하며 반발했던 일들에 대해 나이를 먹으면서 그럴 수도 있겠구나, 고개를 끄덕이게 된 것들이 있었는데, 그들의 아버지의 일도 그런 것 중 하나였다. 그 집 맏아들이 공업고등학교로 진로를 결정했을 때 나는 우리 지역에서 일류로 꼽히는 고등학교에 합격했다. 다섯 아들이 자랑이었던 그들의 아버지의 자존심이 그때 벌써 상처를 입었을 것이다.

골목에서 담배를 피우던 두 아들이 꽁초를 바닥에 던지고 발로 비벼 껐다. 길에 널려 있는 담배꽁초를 쓸어 담는 것은 내가 할 일이었다. 거동이 불편한 노인들이 빗자루를 들 수는 없는 일이어서 골목 청소는 저절로 내 몫이 되었다. 오래전 자신들이 구슬치기, 딱지치기를 하던 길에다 담배꽁초를 버리고 있다는 사실을 그들은 알지 못할 것이다. 남루한 노인으로 늙어가고 있는 그들의 얼굴에선 맑고 뽀얀 그 시절의 자취는 이미 사라졌다. 우리 집 딸들의 얼굴에도 옆집 아들들만큼 빛이 스러지고 어둠이 스며들었을까? 나는 아닐 거라고 고개를 저었다. 설령 사는 데 지치기는 했더라도 그들만큼은 아닐 거라고 나는 굳이 그들과 비

교를 했다. 그늘진 컴컴한 얼굴의 두 형제는 고개를 들고
하늘을 올려다보았다. 꾸물꾸물한 날씨가 걱정이 되었을
것이다. 이사를 마치기 전까지 비는 내리지 않을 것이다.
일기예보에서는 오후 늦게부터 비가 내릴 것이라고 했다.

전화 왔다, 어머니가 소리를 질렀다. 어머니의 침대 머
리맡에 있는 전화기가 울리고 있었다. 동생들은 자주 전화
를 했다. 둘째 동생이었다. 나는 전화기를 들고 마루로 나
왔다. 나는 동생에게 옆집이 이사를 간다고 말했다. 동생
은 안 됐네, 돈 때문에 형제끼리 다툰다는 얘기는 엄마 정
신이 맑았을 때부터 많이 들었어, 하고 말했다. 지랄쟁이
가 이사를 갔냐고 엄마가 물었다고 했더니 동생은 웃었고,
지랄쟁이가 문제였지, 하고 말했다. 나는 동생에게 지랄쟁
이가 난리를 피울 때 옆집 아저씨가 어떻게 했는지 생각
이 나느냐고 물었다. 동생은 그때도 문제였지만 옆집 아저
씨가 우리를 간첩으로 신고한다고 해서 얼마나 애를 먹었
어, 하고 말했다. 나는 옆집 아저씨가 못되게 굴었던 게 기
억에서 지워지지 않는다고 했는데 동생은 다른 말을 했다.
그래도 지랄쟁이나 그 아저씨가 못되게 굴어서 좋은 점
도 있었어. 언니가 우리더러 이웃과 말도 섞지 말라고 했

던 거 생각나지? 다들 놀기 바빴던 어수룩한 시절에 우리
는 집에 박혀서 책이나 읽고 공부만 했잖아. 막내는 언니
가 집에 붙잡아 놓아서 저절로 수재 소리를 들었고. 지나
고 보면 꼭 나쁜 게 나쁜 것만은 아니었더라고. 좋은 게 좋
은 것만도 아니고 말이야. 동생은 조만간 집에 들르겠다고
했다. 나는 엄마 바꿔 줄게, 하고는 어머니 귀에 전화기를
대주었다. 동생은 어머니의 안부를 묻고는, 엄마 많이 잡수
시고 재미있게 노세요, 소리를 지르고 전화를 끊었다.

거간꾼이던 그들의 할아버지는 노년에 들어 걷지 못했
다. 아들과 손자들을 먹여 살리느라 하도 걸어서 무릎이
닳았다고 했다. 내가 대학에 들어갈 때 옆집 맏아들 상학
이는 공업고등학교를 졸업하고 직장을 구했다. "옆집에서
그러더라. 그까짓 딸한테 무슨 대학이냐고." 나의 대학 합
격을 누구보다 기뻐하던 어머니가 그즈음엔 걱정만 늘어
놓았다. 옆집뿐 아니라 동네 다른 아주머니들도 우리 집
흉을 보고 있다고 했다. 딸들 시집보내려면 기둥뿌리가 뽑
힐 텐데 아들도 못 보내는 대학을 왜 보냈냐고 한다는 것
이었다. 갓 신입생이 된 내가 두꺼운 책을 들고 골목을 지
날 때였다. "부모를 얼마나 괴롭히려고 대학엘 간 거야. 부
모를 생각했어야지." 대문 앞에 서 있던 상학이 아버지가

성난 목소리로 나를 꾸짖었다. 나는 가능한 빨리 그 동네를 떠나야 한다고 생각했다. "네 아버지와 내가 괜한 짓을 했나 보다. 딸만 줄줄이 있는 집에서 겁도 없이 너를 서울에 있는 대학에 덜컥 보냈으니." 어머니가 그 말을 했을 때 나는 드디어 참았던 울분을 터뜨렸다. "엄마는 나잇값 좀 하면 안 돼. 무슨 엄마가 딸보다 어려." 어머니는 매정한 딸을 원망하며 며칠을 울었다. "자식 길러봐야 다 소용없다고 하더니 그 말이 딱 맞는 거야." 나는 어머니가 가엾다기보다 귀찮았다. "내가 엄마 불안, 걱정이나 담아내는 쓰레기통이냐고?" 나는 되받아쳤고 어머니는 대학생이 되었다고 자기 엄마까지 얕본다고 소리를 질렀다.

그들의 아버지는 우리 집 세입자들의 전입, 전출 신고에 유독 시비를 걸어 어머니를 괴롭혔다. 전출입 신고 때는 반드시 통장과 반장의 확인을 받아야 했는데 차일피일 미루면서 도장을 안 찍어 준다고 했다. "통반장이 뭐 그리 대단한 감투라고. 왜 우리 집만 괴롭히는지 모르겠다." 어머니는 그들의 아버지 때문에 받는 스트레스를 참을 수 없어 했다. 나는 어머니가 힘들어할 때마다 그의 입가에 돌던 비웃음이 떠올랐다. 영원히 우리나라 대통령인 줄 알았던 대통령이 돌아가시고 얼마 뒤 투표와 선거가 잇따랐다. 휴일에 우리 집 딸들은 늦잠을 잤다. 나는 직장 생활을 시작했고 둘째와 셋째는 서울로 원거리 통학을 하고 있었다. 저녁에 잠이 들어 이튿날 점심까지 거르고 죽은 듯 잠만 자는 게 우리들의 피로회복 방식이었다. 그들의 아버지는 우리 집 딸들이 투표하러 오지 않는다고 뻔질나게 찾아와서는 투표를 하지 않는 국민은 역적이나 빨갱이라고 나무랐다. 대학생 동생들은 그의 성화에도 투표소에 가지 않았다. 한 번은 어머니가 셋째를 마루로 끌어냈는데 그들의 아버지는 셋째에게 왜 투표를 하지 않느냐고 핏대를 올리며 삿대질을 했다. 셋째가 화가 나서 독재자 운운하면서 그에게 하수인이라고 했고, 그는 빨갱이로 신고를 하겠다고 으름장을 놓았다. 빨갱이라는 말에 어머니보다 내가 더 놀랐다. 나는 사거리 정육점으로 달려가서 소고기를 다섯 근이나 끊어왔다. 어머니에게 들려주면서 빨리 아저씨를 찾아서 직접 건네주라고 했다. 나는 그가 신고를 할까 봐 며칠 조바심을 쳤다.

다행스럽게도 어머니는 그들의 어머니와 친하게 지냈다. 그들의 어머니는 고된 시집살이를 견디며 살았다. 손이 굼뜨다고 시어머니의 욕설이 시작될 때면 그들의 어머니는 아줌니, 하고는 우리 부엌문을 두드렸다. 우리 부엌 쪽

문이 그 집 마당과 연결이 되어있었다. 어른 몸 하나 간신히 드나들 정도로 작은 문이었다. 어머니는 그들의 어머니를 우리 집으로 들이고는 흐느끼며 우는 그들의 어머니의 등을 토닥이며 달랬다. 며느리에게 몹시 화가 난 시어머니는 우리 어머니에게까지 욕을 퍼부었다. 제삿밥도 못 얻어먹을…그 소리가 아들이 없는 어머니에게는 심장을 찌르는 비수였다. 어머니는 제삿밥 소리만 나오면 일상이 마구 흔들렸고 딸들에게 타박을 받으면서도 넋두리를 늘어놓았다. 어머니는 옆집 아저씨를 싫어하고 원망했지만 무능한 남편과 시어머니 때문에 고생하는 그들의 어머니를 다독이면서 어머니도 출렁이는 자신의 시간을 견뎌냈다.

딸들은 다른 동네로 이사를 가자고 했는데 아버지가 "사람 사는 데가 다 거기서 거기다. 있던 데가 좋지." 하면서 반대했다. 돈을 벌기 위해 타지로 떠돌아다녀야 했던 아버지는 별로 머물지 못한 자신의 집에서 오래 있기를 바랐다. 그래도 딸들은 이사를 가야 한다고 우겼는데 아버지가 "이사 잘못 가면 죽는단다." 하는 바람에 이사를 포기했다. "이 집에서 우리는 잘살았다. 우리에게 아무 일도 일어나지 않았잖니? 이런 집이 좋은 집이다." 아버지는 정말 우리에게 아무 일도 일어나지 않았다고 믿고 있었다. 우리

는 새삼스럽게 우리 집을 둘러보았다. 몇몇 세입자들 때문
에 불편한 건 있었지만 살기에 나쁘지는 않았다. 전철역
도 가깝고 공장이나 혐오 시설이 없는 산기슭 밝은 주택가
였다. 아버지의 주장대로라면 우리 집에서 일어난 나쁜 일
이라고는 막내가 수돗가에서 넘어져서 이마에서 피가 났
던 것 말고는 없었다. 그때 막내는 병원에 가서 세 바늘을
꿰맸는데 어머니는 하늘이 무너지는 것처럼 소리를 질렀
고 우리도 막내가 잘못된 것처럼 아우성을 쳤다. "풍수적
으로 좋은 곳이야." 아버지가 정말 풍수를 알고 한 말인지
아닌지는 모르겠다. 하지만 우리는 그렇게 믿기로 했다. 이
사를 하지 않는 대신에 집을 한 채 살 만큼의 돈을 집을 고
치는데 들였다. 본채를 리모델링하고 세를 놓던 별채들은
부수고 꽃밭과 텃밭으로 만들었다. 낡아 가는 집들 속에서
우리 집은 홀로 반짝였다. 앵두나무, 복숭아나무, 감나무
가 들어섰다. 채송화와 국화가 피고 시금치와 아욱과 고추
가 자랐다. 아버지는 작은 논을 만들어 벼도 심고 사마귀
와 달팽이와 거미를 키웠다. 아버지는 딸들이 이사를 가자
고 졸랐던 집을 다듬어서 자신의 궁전으로 만들었다.

골목을 서성이던 옆집 아들들이 집으로 들어가자 나는

텃밭으로 발길을 돌렸다. 방풍나물과 부추가 연한 잎을 하늘거렸다. 꽃밭에선 화초들이 쑥쑥 고개를 내밀었다. 아무것도 없는 것처럼 보이는 빈 땅에서 봄이 되면 무엇인가 저절로 솟아났다. 아버지가 가꾸던 것들이었다. 앵두나무는 꽃 필 준비를 하고 있고 감나무들은 아직도 겨울잠에서 깨어나지 않았다. 늦게 일어나서 늦은 가을까지 열매를 달고 있는 나무다. 마당을 살피고 있는데 차 소리가 들려서 나는 다시 대문가로 조심조심 걸어갔다. 둘째의 화물차가 돌아왔다. 가까운 곳으로 이사한다고 하더니 과연 금방 돌아왔다. 형제들은 영차영차 소리를 내면서 나머지 이삿짐을 트럭에 실었다. 집으로 들어갔다 나오기를 몇 번 반복하고는 이윽고 더 나올 것이 없는지 첫째가 대문을 닫았다. 화물차가 먼저 가고 남은 아들들은 흰색 소형차에 함께 올랐다. 그들이 완전히 떠난 다음 나는 대문 밖으로 나왔다.

그들이 남기고 간 골목은 쓸쓸했다. 해맑은 얼굴의 아들들이 뛰어놀던 곳에서 그들의 자취는 사라졌다. 성큼성큼 걸었던 그들의 할아버지와 오종종 걸으며 잔소리를 퍼붓던 그들의 할머니의 흔적도 없었다. 나에게 삿대질을 하면서 성을 내던 그들의 가엾은 아버지와 하숙생들 밥을 짓느라 대문 밖으로 나설 틈이 없었던 그들의 어머니의 모습도 이제는 없다. 그러나 그 집에서 반백 년 넘게 이어 온 그들의 세월이 내 눈앞에서 영화 필름처럼 돌아갔다. 인생이라는 영화는 누구에게나 결코 해피 엔딩이 될 수 없다는 게 내 생각이다. 하지만 나는 내가 이룬 빛나는 성과를 이웃에게 알리고 싶었다. 딸은 길러봐야 소용없다고 했던 이들에게 그게 아니었다고 말하고 싶었다. 딸들이 우리 집 기둥뿌리를 뽑아갈 거라고 했던 이들과 우리 부모가 제삿밥도 못 얻어먹을 거라고 했던 이들에게 그들이 틀렸다는 사실을 알려야 했다. 그러나 내 중요한 보고를 들어주어야 할 이웃들이 없었다. 나는 하늘을 올려다보았다. 금방이라도 비를 뿌릴 듯 찌푸린 하늘이었다. "우리 집 기둥 안 뽑혔어요. 우리 아버지 꼬박꼬박 제삿밥 잡수십니다. 어머니도 돌아가시면 제삿밥 잘 드실 거예요." 나는 골목을 돌며 허공에다 소리치고 있었다. 차가운 빗방울이 한두 방울 눈물처럼 내 얼굴로 떨어졌다. 많은 비가 내릴 것이다.

크림빵과 강아지

우리들의 우애에 금이 있었다는 것을 알게 된 것은 아버지가 병원에 입원한 뒤였다. 언니의 전화를 받고 엄마네 집으로 달려갔을 때 셋째는 마루에 앉아서 핸드폰을 들여다보고 있었다. 셋째는 나를 보고는 변명처럼 크림빵을 들 먹였다. "언니가 크림빵을 혼자 먹었다고?" 뜬금없는 소리에 나는 놀란 얼굴로 셋째를 바라보았는데 동생은 얼굴을 붉히며 대들 듯이 말했다. "6학년 때 밤마다 그랬다고." 그때 내 정신은 한심하게도 크림빵에 휘말렸으므로 예금 통장과 크림빵이 도대체 무슨 관계가 있냐고 물을 여유가 없었다. "너는 생각이 안 나는 거야?" 셋째가 나를 다그쳤고 나는 크림빵에 대한 내 기억을 점검하느라 애를 썼다. 나와 연년생인 동생은 아직도 나에게 언니라는 호칭을 붙이지 않았다.

크림빵을 들먹인 셋째가 시간에 맞춰 기차를 타야 한다며 집을 나간 다음 언니가 들어왔다. 셋째는 멀리 떨어진 지방에서 살고 있었다. 언니는 셋째를 만나기 위해 일찍 퇴근하려고 서둘렀는데 여의치 않았다고 말했다. 언니에게 6학년 때 혼자 먹었다는 크림빵에 대해 물었을 때 언니는 한참을 골똘하게 생각에 잠겼다가 엉뚱한 소리를 했다. "참 이상하지? 왜 그땐 너희들이 없었을까?" 언니는 몇 번이나 고개를 갸우뚱하면서 "어떻게 동생들이 없었던 거지?" 하면서 되묻는 것이었다. "나는 언니와 크림빵을 먹은 기억이 있는데?" 내가 반문을 하자 언니는 내가 가진 기억은 아마 6학년 때가 아니고 2년 뒤의 일일 거라고 했다. 우리가 시내로 이사를 하고 나서의 기억이라는 것이었다. 그리고 언니가 혼자 먹은 빵은 크림빵이 아니고 아마 트위스트빵이었을 거라고 했다. 언니는 봉지 빵이라는 걸 그때 처음 보기도 했지만 이름이 길어서 신기하게 느껴졌다고 했다. "내 기억이 맞는다면." 하고 언니는 단서를 붙였는데 빵 이름에 대해서 자신이 없어서 그랬을 것이다. 언니는 원래 어떤 일에서든 자신이 판단을 내리는 걸 두려워하는 편이었다. 그런 언니를 두고 아버지는 언니가 동생들에게 치여서 자기주장을 하지 못하는 거라고 생각했고, 엄마는 언니가 타고 나기를 물러 터지게 태어나서 걱정이라고 말했다. 언니는 빵 이름이 걸렸는지 6학년 때 자기가 먹은 빵에 대해 부연 설명을 늘어놓았다. 촉수가 낮은 전구 아래 희미하게 진열대가 보이던 그 구멍가게에서 봉지 빵을 들여놓기 시작한 것은 그즈음의 일이었는데, 한두 개나 서너 개라면 모를까 그 시골 작은 가게에서 10개의 크림빵을 진열해 놓는다는 것은 불가능했을 거라고 말했다.

내가 가진 봉지 빵의 기억은 크림빵이었다. 아버지가 준 100원을 내밀고 10개의 크림빵을 한 아름 안고 집으로 돌아올 때 그 기쁨은 세상을 다 가진 것처럼 대단한 것이었다. 달콤한 크림빵의 맛은 찬란했다. 우리 집은 군것질을 할 여유는 없었으므로 아마 아버지의 이벤트는 일 년에 한두 번 있을까 말까 했을 것이다. 내가 그렇게 아버지의 100원과 크림빵 10개와 그 맛을 아름다운 추억으로 간직하고 있는 데는 희소성도 절대적으로 중대한 몫을 차지했을 것이다. 10개의 크림빵 중에서 아버지와 엄마 앞으로 한 개씩 차례가 갔을 것이고 우리는 2개씩 차지했을 것이다. "왜 너희들이 있다는 걸 몰랐을까?" 언니는 같은 소리를 반복했는데 셋째와 언니 사이에 미세하게나마 금이 가게 된 것이 그 봉지 빵 때문이었다는 사실을 확인한 셈이었다. 그러나 그것이 트위스트빵이든 크림빵이었든 언니와 동생이 기억하는 6학년 때의 봉지 빵에 대한 기억이 내게는 없었다, 그리고 내가 아는 언니는 빵을 혼자 먹을 어린이가 아니었다.

언니가 학교에 다닐 때는 학교에서 옥수수빵을 배급했다. 언니와 나는 둘 사이에 태어난 아이가 일찍 세상을 떠나는 바람에 나이 차이가 5년이나 되는 데다가 우리나라가 급격하게 변화하던 시기에 성장하였으므로 여러 면에서 지내 온 환경이 달랐을 것이다. 언니 말에 따르면 학교에서 1학년 때는 죽을 주었다가 2학년 때부터 빵으로 바꾸었다고 했다. 1학년 때 선생님이 집에 먹을 게 없어서 밥을 못 먹는 사람 손들어요, 하고 말했을 때 언니는 교실 천정을 향해 무수히 뻗어 있는 손에 정신이 아득해졌다고 했다. 언니는 밥을 먹기 싫어서 안 먹는 어린이였고 세상에 먹을 게 없어서 밥을 못 먹는 사람이 있다는 것을 알지 못했다. 언니는 엄마에게 입이 짧다는 꾸중을 들으며 자랐다. 언니는 밥상 앞에서 손바닥으로 입을 막고 있기 일쑤였고 겨우 하얀 쌀밥에 물을 말아서 김치 조각만 먹었다.

밥을 못 먹는 어린이들은 집에서 그릇을 가지고 오면 강냉이죽을 주었는데 입이 짧은 언니가 그 강냉이죽은 무척 먹고 싶었다고 했다. 그러나 밥을 못 먹는 어린이가 아니어서 죽을 타 먹은 적은 없었다. 2학년 때는 밥을 못 먹는 어린이에게 빵을 주었는데 빵은 죽보다 더 맛있어 보였지만 언니는 빵을 탄 적이 없었다. 3학년이 되어서야 언니는 빵을 먹을 수 있게 되었는데 그때 담임 선생님은 질이 좋지 않은 사람이라서 가난한 어린이가 아니라 돈을 내는 아이에게 빵을 주었다. 그러니까 기성회비나 저금을 가져오면 빵을 주었다고 했다. 나쁜 선생님 덕에 언니는 빵을 탈 수 있었는데 먹고 싶은 걸 꾹 참고 집으로 가지고 와서 동생들과 나누어 먹었다. 그리고 4학년 때 선생님을 언니는 좋은 선생님으로 기억하고 있는데 청소 분단 아이들에게 수고했다며 빵을 주었고 역시 언니는 그 빵을 집으로 가지고 와서 동생들과 나누어 먹었다.

언니에게 트위스트빵을 확인한 다음 나는 셋째에게 전화를 했다. 기차를 잘 탔는지 물은 다음 빵에 대해 말했다. 그때도 예금 통장에 대해서는 따질 생각을 하지 못했다. "언니가 먹었던 빵은 크림빵이 아니고 트위스트빵이었대. 그리고 언니는 동생들 생각이 안 난대. 네가 달라고 하면 안 줄 언니가 아니었잖아?" 했더니 동생은 아버지가 큰언니 빵을 뺏어 먹으면 혼을 내겠다고 해서 이불 속에서 숨죽이고 있었다고 대답했다. 언니는 언제나 혼자서 빵을 야금야금 맛있게 먹었고 자기는 언니가 마지막 한 조각을 입에 넣을 때마다 눈물이 났다고 했다. "나는 왜 생각이 안 날까? 너하고 가게에 가서 크림빵을 들고 달려오던 생각은 나는데." 내가 말하자 동생은 대뜸 대답했다. "너는 일찍 잠을 잤겠지." 그러면 아마 아버지가 언니에게 맨날 빵을 사 준 것은 아니었을 것이고, 언니는 동생들이 잠을 자고 있는 줄 알았을 거라고 말한 다음 나는 언니가 학교에서 가지고 왔던 옥수수빵에 대해 이야기했다. "언니는 그 빵을 한 번도 혼자 먹지 않았을걸?" 나는 그렇게 말했는데 셋째는 옥수수빵에 대한 기억이 자기에게는 없다고 딱 잘라 말하고는 빵 이야기나 할 거면 전화를 끊으라고 화를 냈다. 동생의 기억이 맞는다면 나는 아버지가 왜 그랬을지 이해가 되었다. 언니에게뿐 아니라 우리 가족 모두에게 언니의 6학년 입시는 중요했다. 언니는 우리 시에서 중학교 입학시험을 치른 마지막 학년이었다.

셋째와의 통화를 끝내자 언니는 예금 통장들은 어떻게 되었는지 물었다. 나는 비로소 우리가 엄마네 집으로 달려온 이유가 그것 때문이었다는 생각을 하게 되었다. 예금 통장들은 그대로 돌아왔다고 나는 언니에게 전했다. "그러면 됐지, 뭐." 언니는 한숨을 쉬었는데 방 안에서 엄마의 목소리가 들렸다. "왜 통장은 다 꺼내 들고 나간 것이냐?" 약에 취해서 잠이 들었던 엄마가 깨어난 것이었다. 엄마는 신경 안정제를 달고 살았는데 아버지가 병원에 입원하면서 부쩍 그 횟수와 양이 늘었다. "애는 간 거야?" 엄마는 눈으로 셋째를 찾았고 나는 기차 시간이 되어서 갔다고 말했다. "그 먼 데서 왜 온 거래?" 나는 대답을 하지 못하고 있는데 언니가 "그냥 왔대요. 통장은 다 돌아왔으니까 됐어요. 걱정 마시고 텔레비나 보세요." 하면서 엄마를 안심시켰다. 언니는 엄마 침대 머리맡에 있는 리모컨을 집어 들었고 나는 "통장은 여기 전부 그대로 있어요." 하면서 서랍장을 가리켰다. 엄마는 무슨 말을 하려다 텔레비전으로 시선을 돌렸고 언니는 들고 온 제과점 종이봉투에서 카스테라를 꺼내 잘라 놓았다. 우리는 카스테라를 먹으면서 텔레비전을 보았다. 누구도 예금 통장에 대해 더 이상의 말을 꺼내지 않았다. 어서 돌아가서 식구들 저녁을 먹이라는 엄마의 성화에 언니와 나는 집을 나섰다.

퇴근 시간이라 차가 밀릴 거라고 언니는 만류했지만 나는 언니를 집에까지 태워주겠다고 고집을 피웠다. 언니는 미안하다고 말했다. 언니는 직장에 다니는 자신을 대신해서 내가 아버지와 어머니를 돌보는 것을 두고 늘 미안하다는 말을 했는데 나는 그럴 때마다 "내가 엄마 집에서 가까이 살고 있고, 집에서 놀고 있잖아." 하면서 언니를 두둔했다. "내가 맨날 혼자 빵을 먹었다고?" 언니가 백미러로 나를 보며 말했다. 나도 백미러를 통해 언니에게 고개를 끄덕였다. "그렇다는데. 서운했었나 봐." 언니는 피식 웃었다. 언니의 기억으로는 아버지가 빵을 사 준 것은 두 번이나 세 번이었을 거라고 말했다. "나도 그랬을 거라고 생각해." 나는 언니에게 고개를 주억거렸는데 언니는 피곤에 지친 얼굴로 창밖을 응시했다. 엄마는 가까이 사는 나를 두고도 일이 있으면 언니에게 전화를 했다. 그것은 아버지도 마찬가지였다. 무슨 일이든 언니가 꼭 알아야 하는 것처럼 생각했고 언니도 맏딸이니까 당연히 그래야 한다고 여기고 있었다. 언니가 나에게 전화를 한 것은 점심 설거지를 끝내고 텔레비전을 보고 있을 때였다. "엄마가 전화했는데 셋째가 예금 통장을 들고 나가서는 아직도 돌아오지 않는대." 언니의 목소리는 떨렸고 나도 순간 불안한 전운 같은 게 느껴졌다. 내가 엄마네 집으로 달려갔을 때 다행스럽게도 동생은 돌아와 있었고 나를 본 동생은 크림빵을 들먹인 것이었다.

"그 아이는 정말 그랬다고 믿는 걸까?" 언니는 중얼거리듯 말했고 나는 기억이라는 건 왜곡되기 쉬운 것이라고 대꾸했다. 셋째가 더러 언니에게 대들고 언니를 바라볼 때 눈빛이 순하지 않은 적은 있었지만 그래도 우리 자매들은 사이가 좋은 편이어서 우리들의 우애에 붕괴의 조짐 같은 건 없다고 생각했다. "너는 어때? 나에 대해 나쁜 기억 같은 건 없었어?" 나는 언니가 앉은뱅이책상에 앉아 공부하던 모습이 생각난다고 말했다. "그래, 그 책상이 항상 아랫목에 놓여 있었어. 거기 앉아서 공부했지." 언니는 다시 침묵했고 나는 밥주발을 들고 언니 교실로 찾아갔던 일도 생각난다고 말했다. 언니는 학교 수업이 파하면 곧바로 과외 공부를 하러 담임 선생님 집으로 향했다. 선생님은 공부를 잘하는 언니에게 공짜로 과외 공부를 시켜주었다. 선생님 댁은 학교에서 조금 떨어진 사거리 길가에 있었다. 선생님은 부모들이 부탁한 아이들과 일류 중학교에 입학할 만한 아이들을 모아 과외 수업을 했다. 언니는 도시락을 두 개 싸 들고 다녔지만 가끔 엄마는 나에게 저녁밥 심부름을 시켰다. 엄마가 솜을 넣어 만든 헝겊 주머니에 담긴 밥주발은 따뜻했다. 셋째와 둘이 학교로 가서 창문 너머로 교실을 들여다보고 있으면 선생님이 교실 문을 열고 나와서 도시락을 받았다. "매를 맞는 것도 많이 보았어." 내가 그렇게 말하자 언니는 그때는 날마다 시험을 보고 틀린 개수대로 매를 맞았다고 했다. "선생님이 아이들을 혼낼수록 부모들이 좋아했거든." 언니네 선생님은 손바닥을 때렸지만, 다른 반 선생님은 종아리를 때리기도 하고, 책상 위에 무릎을 꿇리고 허벅지를 때리거나 발바닥을 때리는 선생님도 있었다고 했다.

예상했던 대로 길이 많이 막혔는데 언니네 집에 닿을 때까지 나와 언니는 예금 통장에 대해서는 언급을 하지 않고 언니의 6학년 때 얘기만 했다. 과외 공부가 끝나면 언니는 방향이 같은 친구들과 밤길을 걸어왔는데 신작로가 끝나는 지점에서 친구들과 헤어져 산길을 돌아야 했다. 귀신이 나온다고 해서 마을 어른들도 꺼리는 길이었다. 그래서 산모퉁이에서 아버지가 언니를 기다렸는데 그 초입에 있던 구멍가게에서 아버지가 빵을 사주었다고 했다. 나는 합격 소식을 듣던 날이 생각난다고 말했다. "기순네 아버지가 달려와서 언니 합격했다고 알려줬잖아?" 언니는 그런 기억이 없다며 "아버지가 회사에서 알아냈던 것 같은데?" 하고 말했다. "그날이 기억에 없다고?" 나는 몹시 어리둥절했다. 그날 우리 자매들은 추수가 끝난 들판에서 놀고 있었다. 언니 이름을 부르는 소리가 났고 내가 고개를 들었을 때 저 멀리서 앞집 아저씨가 달려오는 게 보였다. 언니는 막내를 등에 업고 있어서 내가 먼저 아저씨에게 달려갔다. 아저씨는 들판 끝에 있던 기차역에서 근무하고 있었다. 아저씨가 방송국으로 전화를 걸어서 합격자 명단에 언니 이름이 있다는 것을 방금 알아냈다는 것이었다. 근무 중에 달려 나온 아저씨는 언니의 합격 소식을 전하고 다시 역으로 돌아갔다. "언니, 합격했대. 언니 합격." 나는 고래고래 소리를 질렀는데 내 목소리가 마을을 둘러싸고 있던 산을 웅웅 울리는 것 같았다. 언니는 그 일은 기억에 없으며 아버지로부터 합격 소식을 들은 것 같다고 다시 말했다. 그날 일찍 퇴근한 아버지가 선생님 댁에 인사드리러 가야 한다며 닭장에 있는 닭을 한 마리 잡아 포대에 넣었다고 했다. 엄마는 쌀독에 저장하고 있던 달걀을 전부 꺼내서 소쿠리에 담아 보자기에 쌌다고 했다. 저녁을 먹고 아버지와 언니는 집을 나섰다. 아버지는 포대자루를 어깨에 짊어지고 달걀 바구니를 들고 성큼성큼 걸어갔다. 언니는 아버지 뒤를 깡충깡충 춤을 추며 따라갔다. 어두워지는 밤하늘에서 하나 둘 별들이 나타났다고 했다. "그날 선생님 집에서 돌아올 때 별들이 유난히 반짝였거든. 내 앞날엔 선물만 쏟아질 거라고 생각했어." 그 말을 하고는 언니는 후후 웃었다. 언니를 따라 나도 킥킥 웃었다. "그런데 왜 기억하는 것들이 다를까?" 나는 그렇게 물으면서 언니가 입학시험을 치르던 날 아버지와 엄마가 꿈을 꾸었다는 얘기는 생각나는지 물었다. 아버지 꿈에서는 돼지가 우리 집 마당으로 꾸역꾸역 짚을 물어들였고, 엄마 꿈에서는 엄마가 언니를 데리고 어디 높은 곳으로 올라가는데 누가 등불을 들고 길을 환하게 비추어 주어서 언니를 혼자 올려보냈다고 했다. "그건 엄마가 줄기차게 얘기했잖아. 요즘도 엄마는 그 꿈 얘기들을 가끔씩 하지 않아?" 그 꿈 얘기는 손주들에게까지 들려주는 엄마의 오랜 단골 레퍼토리였다. "언니가 일류 중학교에 합격한 것이 우리 집에서는 가장 중대한 사건이었으니까." 나는 언니가 일류 중학교에 합격했기 때문에 자매들이 모두 대학을 졸업할 수 있었다고 말했다. 언니는 말없이 고개를 끄덕였는데 백미러에 비친 언니의 얼굴이 쓸쓸해 보였던 것은 언니가 피곤해서일 거라고 생각했다. 언니는 정년퇴직을 앞두고 있었다.

병원에 입원했던 아버지가 퇴원한 다음 제일 먼저 한 일은 집을 언니 명의로 이전하는 것이었다. 언니는 괜찮다고 사양을 했는데 아버지는 저렇게 세상 물정을 몰라서, 하고는 혀를 찼다고 했다. 명의를 변경하기 전에 언니는 나에게 그 사실을 전했다. 나는 누구에게도 그 일을 발설하지 않았다. 아버지가 병원에 입원했을 때 셋째가 예금 통장을 들고 나갔었던 일은 엄마가 아버지에게 얘기했을 게 틀림없었다. 아버지의 입원으로 잠시 우왕좌왕했던 식구들은 다시 일상을 이어가고 있었다. 그러나 몇 달 뒤에 아버지는 다시 쓰러졌고 나는 언니로부터 전화를 받고 급히 친정 집으로 달려갔다. 응급실로 가는 차 안에서 아버지는 "이번에는 가망이 없을 거다." 하고 말했다. 아버지의 꿈에 짚으로 만든 담벼락이 넘어지더라는 것이었다. 나는 눈물이 쏟아지는데 아버지는 그 와중에도 큰언니 덕분에 너희들도 그만큼 사는 거니까 집은 언니에게 주어야 한다고 말했다. 나는 여전히 울고 있었는데 "언니에게 주었는데 괜찮지?" 아버지는 나에게 물었고 나는 아버지에게 고개를 끄덕였다. 언니가 응급실에 도착했을 때 아버지는 잠이 들었는데 나는 언니에게 아버지의 꿈에 대해 얘기했다. 언니는 아버지가 괜한 소리를 하는 거라고 펄쩍 뛰었다. "아버지가 얼마나 건강하셨는데 벌써 돌아가신다고?" 언니는 믿지 않았다. 지난번 아버지가 병원에 입원했을 때도 언니는 "그동안 병원 한 번 안 다니며 사셨기 때문에 앞으로는 건강에 신경을 쓰라는 신호예요." 하고 아버지에게 말했다. 언니는 우리 식구들 중에 누가 없어진다는 것을 있을 수 없는 일로 여기고 있었으므로 막상 아버지가 돌아가셨을 때 언니는 충격에 휩싸여 제 정신이 아닌 것처럼 보였다.

"아버지가 남긴 것들은 모두 똑같이 나누는 거 맞지?" 셋째가 물었을 때 언니는 멍하니 동생을 바라보기만 했다. 셋째뿐 아니라 막내까지 합세해서 언니를 곱지 않은 눈으로 바라보고 있었으므로 내가 나서서 "재산이 얼마나 된다고." 하고 말했다. "셋째 언니가 보니까 통장에 돈이 많이 있었다던데?" 막내는 나와 언니를 번갈아 보며 눈치를 살폈다. 나는 그제야 셋째가 예금 통장들을 가지고 나갔던 일이 생각이 났고 덩달아 그때 왜 통장을 가지고 갔었는지 깨닫게 되었다. 동생은 은행을 돌면서 잔액을 조회했을 것이다. 언니는 그것을 알고 있었을까? 알면서도 말을 하지 않았던 걸까? 아니면 나처럼 대수롭게 여기지 않았기 때문에 그 일을 짚고 넘어가지 않았던 걸까? 나는 그것이 궁금해서 언니를 쳐다보았는데 언니는 어딘가를, 그러니까 동생들도 아니고, 허공을 응시하고 있었다. 어색한 침묵이 흘렀고 한참만에야 언니는 입을 열었다. "돌아가신지 얼마나 됐다고." 언니는 겨우 그 말을 했는데 언니의 음성은 차라리 울음소리에 가까웠다. 나는 언니에게 미안한 생각이 앞섰는데 셋째와 막내는 방금 전보다 더 냉랭한 표정을 짓고는 은밀한 눈짓을 주고받는 것이었다.

언니는 혼자가 된 엄마 집으로 이사를 했고 엄마는 언니와 겨우 한 해를 함께 지내다가 병원으로 가게 되었는데 그때 엄마는 예금 통장들을 언니에게 넘겨주었다. 요양병원에 있던 엄마가 돌아가셨을 때 언니는 모든 일이 너무나 갑작스러워서 정신없이 얻어맞는 것 같다고 말했다. 나는 혼란스러워하는 언니에게 차마 결혼을 하지 않아서 더 그럴 거야, 하고 말할 수는 없었다. 그런 언니에게 매정하게도 셋째는 다시 예금 통장을 들먹였다. "약속대로 똑같이 나누는 것 맞지?" 셋째는 숫제 언니를 빚쟁이 보듯 했는데 나는 언니가 언제, 무슨 약속을 했지? 하는 생각에 언니를 물끄러미 바라보았다. 언니는 마지못한 듯 고개를 끄덕였는데 셋째는 의기양양해서 돌아가신 분의 예금을 찾을 때

필요한 서류와 주의 사항을 열거하는 것이었다. 서슬 퍼런 두 동생들의 기세에 눌렸는지, 아니면 언니와 동생들 사이에 무슨 약속이라도 있었나? 하는 생각에 골똘해서 그랬는지, 나는 그 예금 통장 안에 있는 돈이 상당 부분 언니와 내가 부모님에게 보낸 용돈이나 생활비일 거라는 말을 꺼내지 못했다.

얼마 뒤 우리는 몇 군데의 은행을 함께 돌면서 아버지와 엄마의 통장에 들어있던 돈을 인출했다. 은행 업무를 끝내고 식당에서 밥을 먹게 되었는데 그곳에서 셋째는 "집은 얼마쯤 받을 수 있을까?" 하면서 또 언니를 차갑게 바라보는 것이었다. 언니는 묵묵히 밥을 먹고 있었는데 막내가 "요즘 집값이 많이 올랐어." 하고 말했다. 동생들의 대화에서 나는 아버지가 나에게만 집 얘기를 했다는 걸 알았다. "아버지가 집은 언니 주라고 했는데." 내가 그 말을 꺼내자 "그건 아니지. 누구 마음대로." 셋째가 날카롭게 쏘아붙였다. "아버지가 나에게 부탁했어." 내가 대꾸를 하자 막내가 "우리에게도 권리가 있지." 따지듯 언성을 높였다. 셋째는 "아버지가 그럴 줄 알고 내가 예금 통장부터 확인했던 거야." 하고 말하고는 아버지가 어릴 때부터 언니만 챙기는 바람에 자기가 얼마나 상처를 받았는지 아느냐고 소리를 질렀다. "그야 언니가 맏이니까 그랬지." 나도 목소리를 높였고 이어 나는 당연하게 받아들이는 걸 왜 너는 그렇게 매사 삐뚤어지게 받아들였냐고 동생을 나무라면서 "빵 얘기만 해도 그래. 6학년 때 언니가 그 고생을 하는데 아버지가 사 줄 수도 있는 거지. 그걸 가지고 아직도 언니를 원망한다는 게 말이 돼." 하고 말했다. 그렇게 해서 우리들의 논쟁은 빵으로 돌아갔는데 동생은 언니가 봉지 빵을 맨날 혼자 먹었다고 했고, 나는 언니가 빵을 먹은 건 고작 두세 번이나 서너 번이었을 텐데 네 기억이 잘못된 것이라고, 그것은 망상이나 환각 같은 것이었다고, 언성을 높이게 되었다. 급기야 동생은 결혼할 때도 자기에게는 아무것도 해준 게 없다고 아우성을 쳤고, 나는 그 아이가 무슨 얘기를 하는 건지 알 수 없어서 말문이 막혔는데 막내가 끼어들었다. "셋째 언니 가슴이 상처 때문에 멍이 들었다는 것은 내가 알지." 하면서 셋째 편을 드는 것이었다. "도대체 무슨 소리를 하는 거야? 무슨 상처를 입었다는 거야?" 나는 영문을 몰라 셋째와 막내가 작당을 하고 있는 게 아닌가, 의심을 하고 있는데 잠자코 있던 언니가 "집은 팔리는 대로 나누어 줄게." 하고는 자리에서 일어났다. 엉겁결에 나도 가방을 들고 언니를 뒤따라 식당을 나왔다.

146

언니가 왜 운전을 배우지 않았는지 나는 모른다. 언젠가 "운전하다가 다치면 우리 식구들 누가 먹여 살리는데?" 장난삼아 말을 한 적은 있었다. 나는 언니를 불렀는데 언니는 나더러 돌아가라는 손짓을 하고는 달려온 버스에 올라탔다. 하는 수 없이 나는 차가 주차되어있는 식당 앞으로 혼자 돌아왔다. 동생들이 있는 식당 안으로 다시 들어가고 싶지는 않았다. 셋째가 결혼할 때 섭섭했다는 것은 처음 들은 말이었다. 나는 셋째의 결혼식을 떠올리느라 애를 썼다. 셋째는 대학 때부터 사귀던 남자와 졸업과 동시에 결혼을 했다. 연년생인 나와 동생의 대학 학비는 만만치 않은 것이었는데 아버지의 변변찮은 수입과 언니의 월급으로 간신히 버텨냈을 것이다. 동생이 제부를 데리고 왔을 때가 막내는 아직 고등학생이었고 직장을 잃은 아버지는 막내의 학비를 걱정하고 있을 때였다. 아버지는 셋째의 이른 결혼이 달갑지 않았을 것이다. 큰언니도 아직 결혼을 하지 않았는데? 막내도 대학을 보내야지. 아버지는 아마 그렇게 말했을 테고 셋째는 그런 아버지에게 미안하면서도 서운했을 것이다.

내가 막내에게 전화를 걸어 셋째의 결혼 얘기를 물었을 때 "셋째 언니가 결혼할 때는 아무것도 안 해 주었는데 언니 결혼할 때는 예쁜 옷도 많이 사 주고 혼수도 좋은 걸로 했다던데?" 하고 말했다. "내가 원래 둔감한 편이긴 한데 셋째가 그렇게 불만이 많은 줄은 몰랐어." 우리 식구들의 시간이 잔잔하게 흘러왔다고 생각했는데 그게 아니었던 것 같다고 나는 막내에게 말했다. "언니들이야 몰랐겠지. 아버지하고 엄마가 언니들만 챙겼으니까." 내가 그럴 리가 없다고, 그건 너희들이 잘못 생각하고 있는 거라고 했는데 막내는 "그럴 줄 알았다니까, 상처는 상처를 입은 사람만 기억을 하는 법이니까." 하면서 나를 나무라는 것이었다. 느긋한 내 성격 어디에 숨어 있었는지 화산 폭발하듯 분노가 뿜어져 나왔다. "너희들이 수혜자이지 어떻게 피해자냐? 언니하고 나는 너희들 학비 대고, 아버지, 엄마 생활비 대고 살았어. 나야 괜찮지만 언니는 결혼도 못했다고." 언니가 없었으면 우리가 어떻게 모두 대학을 졸업하고 지금처럼 살 수 있었겠느냐고, 소리를 지르다가 나는 하지 말아야 할 소리까지 하고 말았다. "염치가 있다면 어떻게 돈 한 푼 안 벌고 졸업하자마자 결혼을 할 생각을 했겠어. 그리고 통장에 들어 있는 돈에서 내 것과 언니 것은 가져가지 말아야 하는 거 아냐? 너희들이 한 게 뭐가 있다고." 막내는 이튿날 내게 전화를 했는데 나는 그 전화를 받지 않았다.

　나는 한동안 조용히 지내는 게 나을 것이라고 판단했다. 우리는 같은 사건에 대해서도 기억하는 것들이 산과 바다만큼 달랐다. 과거를 자꾸 끄집어낸다면 우리 자매들의 시간은 남은 시간마저 산산조각이 나고 말 것 같았다. 그러나 약한 몸에 셋이나 되는 아이들을 키우느라 정신없이 바쁘게 지내고 있는 막내에게 주었을 충격이 걱정이 되기도 하고, 내가 괜한 소리를 해서 우리 자매들 사이를 완전히 갈라놓은 게 아닌가, 하는 생각이 나를 무겁게 짓눌렀다.

　언니와 동생들, 누구의 소식도 듣지 못하고 있었다. 시끌벅적 떠들며 지내던 일들이 언제 일이었나 싶게 느껴질 무렵 언니로부터 문자가 왔다. '집은 세를 놓았어. 나를 찾지 마세요.' 짤막한 글이었다. 언니는 자매들의 카톡방에서도 탈퇴했다. 진한 슬픔이 밀려왔다. 언니는 전화를 받지 않았다. 언니는 왜 잠적을 선택했을까? 나는 그 생각에 골몰하느라 머리가 아팠다. 언니를 찾아 나서야 할지 말지 망설이고 있을 때 막내로부터 전화가 왔는데 뜻밖에도 소송 타령을 하는 것이었다. 셋째가 상속재산 분할 청구소송을 하겠다고 선언을 했다는 것이었다. 그 순간 나는 언니가 현명한 선택을 했다는 걸 알았다. 막내는 큰언니에게 전화하고 있는데 전화를 받지 않는다고 사납게 말했다. "큰언니가 약속을 지키지 않으려고 도망을 간 거야." 막내는 내가 공범이라도 되는 듯 내게 무례하게 굴었다. "셋째 언니 말이 맞았어. 소송을 서둘러야 했다구." 화를 내는 막내에게 나는 언니에게 시간을 주자고 했는데 "둘째 언니야 괜찮겠지. 그렇지만 우리는 달라." 하면서 소리를 질렀다. 뭐가 괜찮고 뭐가 다르다는 건지 궁금했지만 나는 묻지 않았다. 다음 날에도 막내는 내게 전화를 했는데 약이 올라서 큰언니에게 날마다 전화할 거라고 말했다. 내가 날마다 전화를 해도 언니는 전화를 받지 않았다.

전화를 받지 않는 언니에게 막내는 문자를 보내기 시작했다고 말했다. 그런데 답장 없는 문자를 쓰면서 언니에 대한 생각이 조금씩 바뀌고 있다고 막내는 내게 실토했다. "사람 마음이라는 게 참 이상도 하지?" 막내는 그렇게 말했는데 나는 구체적으로 무엇이 이상한지 묻지 않았다. 얼마 뒤 막내는 내게 이상한 질문을 던졌는데 "내가 알고 있던 큰언니가 진짜 큰언니였을까? 셋째 언니와 생각했던 큰언니가 진짜 큰언니가 아니었다는 생각이 들어. 큰언니는 누구지?" 나는 막내의 질문에 웃음을 터뜨리고는 셋째에게 물어보라고 말했다.

언니로부터 전화가 왔을 때 나는 반갑기도 하면서 한편으로는 두려움이 밀려왔다. 언니의 출현으로 펼쳐질지도 모를 어떤 일들에 대해 나는 겁을 내고 있었다. 막내가 언니에 대해 가졌던 확고한 생각들이 흔들리고 있다고는 했지만 아직 변덕스럽게 소용돌이치고 있는 중이었고, 셋째는 여전히 내게까지 단단히 골이 나 있는 상태였다. 일전에 막내가 내게 "이 세상에 마음을 찍는 사진기가 있다면 셋째 언니 가슴은 시퍼렇게 나올 거래. 그렇게 멍이 들었대." 하고 말했는데 나는 그 순간 언니의 가슴에 걸려 있을 무거운 바윗덩이가 보였다. 그래서 나는 막내에게 "큰언니 가슴은 무슨 색깔로 찍힐까? 새까맣지 않을까?" 하고 응답했었다.

언니는 우리 집 근방에 볼일이 있어서 왔다고 했고 나는 그렇다면 집으로 오라고 했다. 언니가 초인종을 눌렀을 때 우리 집에서 기르는 푸들, 봄이가 요란스럽게 짖어댔다. 언니와는 첫 대면이었으므로 봄이 입장에서는 짖을 만했는데 언니는 선뜻 들어서지 않고 봄이를 바라보고 서 있었다. 내가 봄이를 켄넬 안으로 들여보냈는데 언니는 그때까지도 봄이에게서 시선을 거두지 않았다. "자기 깐에는 식구들을 지키려고 짖어대는 모양인데 조그만 게 심하게 짖을 때는 안쓰럽더라고." 다분히 주관적인 해석이었지만 나는 봄이가 짖는 이유를 그렇게 둘러댔다. 내 말에 언니는 피식 웃고는 "내가 저랬어." 하는 것이었다. "내 친구 영선이 알지? 얼마 전 걔네 집엘 갔었거든. 걔가 어찌나 짖어대는지 한참 법석을 떨었어." 그때 언니는 그 개에게서 자신의 모습을 보았다고 했다. "아버지와 엄마가 있는데 왜 내가 우리 집을 지키고 식구들을 보호해야 한다고 생각했던 걸까?" 언니는 쓸쓸하게 웃고는 "꼬마였을 때부터 나는 그랬다니까." 하고 말했다.

"많이 힘들지?" 나는 언니에게 물었는데 언니는 고개를 저었다. "처음 도망칠 계획을 세웠을 때는 죽을 만큼 괴로웠거든. 막상 실행에 옮기고 나니까 괜찮더라고." 나는 이제라도 언니 인생을 살라고 말해 놓고는 상투적인 인사치레 같아서 오히려 미안한 마음이 드는 것이었다. "나 때문에 셋째가 펄펄 뛰며 야단을 했을 것 같은데? 너를 괴롭히기는 않았어?" 나는 셋째와는 통화를 하거나 만나지 않고 더러 막내에게서 소식을 듣는다고 말했다. "나도 집을 팔아서 넷으로 나누려고 했거든? 그런데 셋째가 나에게 전화

를 해서는 심한 말을 하더라고." 언니의 얼굴은 어두워졌
고 나는 "무슨 말을 했는데?" 하고 물었다. "그건 숫제 협
박이었어. 가족에게는 그렇게 하는 게 아니지." 언니는 한
숨을 쉬고는 "나에게는 동생들이 항상 내 가족이었는데 그
건 나 혼자만의 착각이었던 것 같아. 동생들에겐 내가 오
래전부터 이미 가족이 아니었어." 하고 말했다. "그건 아니
지. 언니는 언제나 우리 언니라고." 나는 반박을 했다. "그
애는 상처를 많이 받았다고 하는데 너는 그게 뭔지 알아?"
나는 고개를 저었다. "봉지 빵 말고 뭔가 더 있을 텐데." 언
니는 혼잣말처럼 중얼거리고는 "너도 아버지가 나만 좋아
했다고 생각해?" 하고 물었다. "아버지는 공부 잘하는 언
니가 자랑스럽고 든든하고 나중에는 미안했을 것 같아."
하고 대답했다.

"그 애는 빵이 부러웠다고 했지? 내게는 그 빵이 무거운
부채였다고 전해 줘." 언니는 그 말을 하고는 사실 식구들
이 짐스럽다고 느낀 적이 많았었다고 실토했다. "언니 입
장에서는 당연한 거지." 하고 나는 말했다. "막내는 우리
가 모여서 가슴에 품은 상처들을 다 끄집어내고 다시 봉합
하자고 하더라고." 언니는 최근에 받은 막내의 문자를 내
게 보여주었다. 수술하는 것처럼 곪은 데를 도려내서 말끔

히 치료하고 전처럼 사이좋게 지냈으면 좋겠다는 내용이
었다. "너는 우리가 예전으로 돌아갈 수 있다고 생각해?"
언니가 내게 물었는데 나는 고개를 저었다. 막내는 얼마
전에 내게도 비슷한 말을 했는데 나는 "금이 간 것은 붙여
놓아도 다시 깨져." 하고 말했었다. "나는 깨지는 건 싫어.
억지로라도 붙여 놓고 싶어. 내가 그렇게 할 거야." 막내는
억지를 부렸고 나는 "언니는 이제 우리들의 언니로 살기
싫을 거야." 하고 말했었다.

　"나 혼자 세웠던 왕국이 무너졌어. 내가 스스로 뒤집어
썼던 왕관을 내려놓으려고 해." 언니는 그 말을 하면서 웃
었는데 그 왕관이라는 게 알고 보니까 강아지 목줄 같은
것이었다고 말했다. 나는 언니가 맏이였기 때문에 어쩔 수
없었을 거라고 했는데 언니는 중얼거리듯 말했다. "맏이가
뭐라고. 내 머리에 잘못된 생각들이 입력되었던 거였지."
나는 언니에게 나와는 자주 연락을 해야 한다고 말했다.
언니가 떠나고 나는 막내에게 전화를 했다. 언니가 나를
찾아왔었다는 말은 하지 않았다. "언니가 전화했거든. 막
내에게 미안하대. 그리고 그 봉지 빵이 언니에게는 빚으로
느껴졌었대. 언니는 자기가 우리 집 봄이 같은 강아지였다
고 생각한대." 나는 막내가 내 입에서 느닷없이 튀어나온

말, 강아지를 이해 못 할 거라는 생각을 했다. 그러나 막내는 묻지 않았다. 내 말을 듣고만 있었다.

재개발 지역 탈출기

깜깜하다. 그믐인데다 날이 흐린 탓에 별빛도 없다. 순영은 고개를 길게 빼고 담장 너머를 살피고 있었다. 이사를 하지 않은 집에만 전기를 살려 놓고 인근의 전기를 몽땅 끊어버린 것은 벌써 두 달 전 일이었다. 재개발 지역에서 법적으로 정해진 이주 완료 시한이 지난 것도 아니었다. 기간이 지나기는커녕 이주가 시작되고 얼마 지나지 않아 전기를 끊으면서 감시 카메라까지 철거했다. 보안등이 사라진 어두운 골목길을 더듬더듬 지나면서도 주민들은 항의는 물론 불평도 하지 않았다. 잔뜩 겁먹은 얼굴을 하고는 서둘러 자기 집으로 들어가서 문을 잠갔다. 조합에서 해코지를 할까 봐 두려워서였다. 그즈음에는 남은 주민들끼리도 눈치를 살피면서 서로를 의심하고 경계하고 있었다. 하는 수 없이 순영이 길가 쪽 보안등 몇 개만이라도 켜 달라고 한전에다 전화를 했는데 한전에서는 보안등 관리는 주민 센터에서 하는 일이라고 하고, 주민 센터에서는 구청에다 미루었다.

동네는 구청과 작은 도로를 하나 두고 마주 보고 있었다. 순영이 애원조로 전화를 했는데도 구청에서는 거기 주소가 어떻게 되냐고요? 고함이나 지르고, 자기네 소관이 아니라고 벌컥 화를 내면서 일방적으로 전화를 끊었다. 주소요? 집 주소 말고, 보안등 주소요? 그런 주소도 있어요? 지금 창문 밖으로 내다보세요. 창문 아래에 있는 동네잖아요? 안전생활센터에다 다시 문의하라고요? 순영은 구청에다 전화를 하다가 지레 속이 터져 죽을 것만 같아서 보안등을 단념했다. 구청에서는 일찌감치 그들에게 큰돈을 뜯어내려 한다는 강성 프레임을 씌워 놓고 털끝만큼의 책임감이나 죄의식도 없이 주민들의 민원을 무시했고 때로 그들을 윽박질렀다. 주민들은 공무원들이 뇌물을 먹었다고 굳게 믿고 있었다. 재개발이 언급되면서 조직폭력배를 동원한 조합장이 권력을 잡았고, 재개발이 시작되기 전부터 주민들은 버려지고 잊혀졌다. 주민들은 산소호흡기로 연명하는 말기 환자처럼 언제 꺼질지 모르는 전기를 부여잡고 가슴을 졸이다가 천벌을 받을 거라는 저주의 말들을 쏟아내고는 급히 마을을 떠났다.

눈이 어둠에 익숙해지면서 집집의 지붕과 벽들이 형체를 드러냈다. 주인을 잃고 우두커니 서 있는 모습들이 쓸쓸하고 안쓰러웠다. 사람이 떠난 집들은 금방 낡았다. 그것들은 촬영이 끝나고 오랜 세월 흉물로 방치된 드라마 세트장을 연상시켰다. 아이의 귀가를 얼마나 더 기다려야 하는지 순영은 점점 초조해졌다. 아이로부터 늦는다는 연락을 받기는 했지만 그의 마음은 영 불안했다.

아이를 마지막으로 마중 나간 날도 오늘처럼 깜깜했었다.

"나오지 말라고 했지?"

그날 구청 버스 정류장 앞에 서 있는 그를 보고 아이는 대뜸 소리를 질렀다.

"나를 누가 건드려. 이 체격을. 내 몸이 걸어 다니는 흉기인데."

우스갯소리를 하면서도 아이의 음성에서는 짜증이 배어 나왔다.

"작정하고 달려드는 놈한테는 천하장사도 못 이긴다. 동네에 들어서면 무조건 뛰어야 해."

아이는 말없이 어둑한 길을 성큼성큼 걸었다. 순영은 아이를 뒤따라 걸으며 혼자가 아니라 둘이니까 뛰지 않아도 괜찮다는 생각을 했다. 아이의 구부정한 어깨 위에 올려진 고3 입시생의 불안과 고독이 통증처럼 그의 몸을 훑고 지나갔다.

오래 살아온 동네인데도 보안등이 사라지고 쓰레기가 널려 있는 길은 낯설었다. 유리 조각들과 널브러진 가구들, 솜이 삐져나온 이불과 스티로폼 조각들과 폐비닐 뭉치들이 길을 차지하고 있었다. 가스와 수도를 철거한다는 명분을 내세워 괜스레 길바닥을 파헤치고 마무리를 하지 않아 깨진 콘크리트들도 여기저기 수북하게 쌓여 있었다. 길가 집 창문을 군데군데 깨뜨려 흉측하게 만든 것도 조합에서 한 일이었다. 노숙자들이 빈집으로 들어가는 걸 막기 위해서라고 둘러댔지만 남아 있는 주민들에게 공포감을 주기 위해서 벌인 짓이라는 걸 알고 있었다. 그들은 담장을 따라 빨갛게 핀 넝쿨 장미 밑동을 싹둑 잘라 놓기도 했다. 까맣게 죽어버린 꽃들은 을씨년스럽고 스산한 느낌을 주었다. 봉투 안에 있는 쓰레기를 고스란히 길바닥에 펼쳐놓는 것도 그들이었다. 골목 입구에 내놓은 쓰레기봉투가 풀어 헤쳐져 있는 걸 보았을 때 순영은 몹시 수치스러웠다. 옆구리에 커다란 구멍이 뚫린 봉투는 내용물을 몽땅 뽑힌 채 쓰레기 더미 옆에 걸레처럼 널브러져 있었다. 봉투가 아닌 자신이 벗겨져 내장을 쏟아낸 기분이 들었다. 그 일이 있은 다음부터는 수고스러워도 쓰레기봉투를 들고 길 건너 구청 옆 동네에 가져다 놓았다.

"전쟁터처럼 위험하다면서 엄마는 왜 맨날 나오는 거야. 엄마가 자꾸 나오면 아주 늦게 온다."

대문으로 들어서며 아이는 퉁명스럽게 쏘아붙였다. 고3 아이의 엄마인 순영은 아이 앞에서는 섣불리 입을 열지 않았다. 아이가 있는 데서 그 동네를 두고 공인된 전쟁터라고 선언한 것은 쌀집 아저씨였다. 아저씨는 아이에게 재개발 깡패들을 조심해야 한다고 주의를 주었다.

"정말이라니까. 또 마중 나오면 엄마 잠든 다음에 온다구."

아이는 그날따라 유난스럽게 화를 냈다.

"알았어. 절대 안 나갈게."

얼떨결에 그는 아이에게 맹세를 해버렸다.

아이가 오랫동안 살았던 마을에서 중차대한 고3의 시간

을 보내게 하는 게 나을 것이라고 판단을 했던 건 대단한 착오였다. 재개발 관리처분 인가가 났을 때, 아니면 지난겨울에라도 이사를 했더라면 고3 아이에게 어수선하고 살벌한 풍경을 보이지 않아도 되었을 것이다. 하긴 마을을 서둘러 떠나는 것에 반대를 한 것은 순영이 아니라 아이였다. 이사 기한은 7월 말로 알려져 있었다. 아이는 입시에 필요한 1학기 성적까지만 잘 받으면 된다고 하면서 1학기를 마치고 이사를 가자고 했다. 순영은 아이의 의견을 따를 수밖에 없었다.

반백 년 넘게 그 마을에서 살았다는 쌀집 아저씨는 여든 노인이었지만 주민들은 그를 아저씨라고 불렀다. "화냥년이 무슨 짓을 벌이고 다녔는지 내가 다 알지." 화냥년은 아저씨가 조합장을 부르는 호칭이었다. "사람이 말이야. 양심이 있어야지. 제힘으로 노력해서 돈을 벌 생각은 안 하고, 그 짓까지 하고 다니면서 깡패들을 끌어들여서 멀쩡한 동네를 팔아먹어?" 주민들이 모일 때면 쌀집 아저씨는 상기된 얼굴로 조합장을 비난하면서 핏대를 올렸다. 아저씨는 나이를 먹고 정든 동네를 떠난다는 게 어떤 건지 젊은 사람들은 절대 모른다고 했다. 그러나 순영은 정든 마을을 잃는 게 어떤 건지 알고 있다고 생각했다. 그 마을과 집이 순영에게는 결코 잃고 싶지 않은 추억의 박물관 같은 곳이었다. 순영은 마을을 떠나지 않았는데도 미리부터 향수병을 앓았다. 가슴이 선뜩하고 쓰리고 아리다가 마침내 서러웠다. 쌀집 아저씨도 같은 증세에 시달리고 있을 것이라고 순영은 짐작했다.

담장 밖을 살피던 순영은 마당으로 시선을 돌렸다. 방마다 켜놓은 불빛으로 마당은 환했다. 손이 닿지 않은 앵두 몇 알이 불빛에 빨갛다. 올해는 앵두꽃이 어느 해보다 하얗게 피었고 열매가 다닥다닥 튼실하게 달렸다. 앵두를 따서 잼을 만든 것은 그끄께였다. 감은 아직 푸른 열매가 알이 작다. 순영이 떠나고 가을이 되면 누군가 수확을 할 것이다. 조합 사무실 직원이나 범죄예방센터 덩치들이 그 감을 딸 수도 있다. 조합장이 가져갈까 싶어 동전만 한 감을 죄다 떨어버릴까 하는 심술 섞인 생각도 했다. 그렇지만 그것은 나무에 대한 예의가 아닐 것이다. 남편이 심은 나무들이었다. 그들이 조용한 주택가인 그곳으로 이사를 한 것은 아이가 유치원에도 들어가기 훨씬 전이었다. 전에 살던 아파트에 대한 기억이 없으므로 아이의 추억은 그 동네에서 시작이 되었다. "아빠하고 나하고 만든 꽃밭에 채송화도 봉숭아도 한창입니다…." 순영이 시장에 다녀오다가 그 노래를 들은 것은 얼마 전 일이었다. 아이가 부르는 노래는 사람들이 떠난 빈 동네에 크게 울려 퍼졌다. 아이는 그 노래의 2절 가사까지 정확하게 알고 있었다. 아이가 얼마나 자주 그 동요를 불렀을지 짐작이 갔다. 순영은 아이의 노래가 끝나고도 텅 빈 마을을 한참이나 빙빙 돌다가 집으로 들어섰다. 아이는 아직 마당에 있다가 대문으로 들어서는 순영을 보고는 모의고사를 치러서 야간자율학습이 없는 날이라고 말했다. 남편이 수돗가에 심어 놓은 채송화와 봉숭아는 남편이 하늘나라로 간 뒤에도 해마다 저절로 피었다가 지곤 했다. 올해도 그들이 떠난 뒤 꽃을 피울 것이다.

조합장이 함께 살던 자기 어머니와 오빠네 식구들을 끌고 새벽에 마을을 빠져나간 것은 지난해 초여름이었다. 그들이 이사한 다음 날 바람벽마다 대형 공고문이 나붙었다. '이주 기간 내에 이주하지 않을 경우 관련 법률 및 조합 정관에 따라 법적 조치 예정임.'으로 끝난 협박조의 공고문 앞에서 주민들은 가슴 깊은 곳에서부터 올라오는 감정들을 조용히 눌러야 했다. 주민들은 조합장을 두려워했다. 조합장 곁에는 폭력배들이 진을 치고 있었고 갖가지 사건을 겪으면서 주민들은 자신들이 감당할 수 없는 어떤 힘을 그가 가지고 있다는 사실을 깨달았다. "이 동네는 법은 없고, 돈과 주먹만 있는 곳이야." 쌀집 아저씨가 그 말을 했을 때 지점장은 재개발 지구라고 다 같은 건 아니고 조합장이 어떤 사람이냐에 따라 차이가 난다고 했다.

"그 화냥년이 나한테 맞아 죽을까 봐 몰래 도망갔어." 공고문 앞에 서 있는 순영에게 다가와서 쌀집 아저씨는 속삭이듯 말했다. 아저씨는 말을 재미있게 했지만 실없는 소리는 하지 않았다. 주민들이 모임을 할 때면 아저씨는 주위를 찬찬히 둘러보고는 "간첩 조심해야혀." 하고 중얼거리듯 말했다. 회의에서 오고 간 말들을 고스란히 조합장에게 일러바치는 이가 있다는 것이었다. "조합장에게 잘 보여서 돈 몇 푼 더 받을까 해서 알랑거리는 거지, 뭐." 아저씨는 지점장에게 다가가서 특별히 더 주의를 주곤 했다. "우리 회장님은 더욱 조심하셔야혀. 간첩이 득시글득시글 들끓는다고." 그럴 때면 지점장은 "내 뒤통수를 치는 사람들이 있을 거예요." 하고는 아득한 시선으로 먼 곳을 응시하는 것이었다.

밤낮으로 감시원들이 동네를 순시했다. 이주하는 조합원들이 이사를 가면서 몰래 쓰레기를 버리고 갈까 봐 감시를 하는 거라고 했다. 그러나 일 년 뒤에나 이사를 해야 하는 비조합원인 그들은 쓰레기가 아니라 자신들을 감시하는 거라는 생각이 드는 것이었다. 감시원들의 맹활약에도 불구하고 조합장의 직인이 찍힌 공고문은 훼손이 되고 있었다. 조합장 이름에 가위표를 긋기도 하고 조합장 누구, 라고 쓴 부분을 찢어 놓기도 했다. 혹시나 발각이 되어 조합장이 입에 달고 산다는 명예훼손죄나 손괴죄로 고발을 당할까 봐 조바심을 쳤을 누군가를 떠올리면 가슴 한구석이 아릿하게 저려왔다. 조합원들은 쓰레기 분리수거를 철저하게 지켰다. 그들은 아파트로 몇억을 벌게 될 것이라는 기대에 부풀어 있었으므로 조합의 지시 사항을 잘 따랐다. 이미 입주권에 프리미엄이 붙는 걸 목격한 이들이었다. "도박판이 따로 없어. 몇만 원 벌기도 힘든 세상인데 이 판에서는 전부 억, 억, 억억거리고 있잖아." 쌀집 아저씨는 세상이 아파트에 미쳐서 돌아가고 있다고 진단했다. 동네 주변을 감싸다시피 들어선 부동산 중개사무소마다 입주권, 분양권 팝니다, 라는 글자들이 도배되어있었다. "조합원들이 정말 아파트로 몇억씩 벌게 될까요?" 누군가 지점장에게 물었을 때 지점장은 한숨을 쉬었다. "잘못하다가는 빚쟁이가 되어서 평생 금융 노예로 살아가게 될 수도 있어요."입주할 때 분담금을 내야 할 텐데 그 얘기를 하는 사람이 아무도 없다는 것이었다.

"범죄 예방이라고? 범죄를 저지를 깡패들이지."쌀집 아저씨의 판단은 언제나 정확했다. 조합 사무실 맞은편 이주 사무실 옆으로 범죄예방센터 간판이 나붙었다. 인상이 험악하고 우락부락하게 생긴 덩치 큰 남자들이 종일 죽치고 앉아서 컴퓨터 게임만 하고 있다고 했다. "일반인들은 조합에서 건설사한테 돈 얼마 받는 게 비리의 전부인 줄 아는데요. 아쉽게도 그건 아주 작은 것에 불과합니다. 사업을 진행하면서 많이 빼먹어요."지점장은 재개발 구역 내의 순찰 업무와 범죄 예방 대책은 원래 경찰에서 할 일이라고 말하고는 입을 다물었다. 눈치 빠른 쌀집 아저씨가 지점장이 하지 못한 말을 덧붙였다. "조합 사무실에도 그렇게 직원들이 많은데 이주 사무실에도 많더라고. 범죄예방센터까지 합치면 그 인원만 해도 얼마야? 그것들이 사무실에 처박혀서 하는 일들이 뭐겠어? 어떻게 하면 돈 빼먹을까 그 궁리들이나 하는 거지. 용역을 쓰면 10%를 조합장이 먹는다고 하잖아."주민보다 용역들이 더 많이 돌아다닌 동네였다. 조합을 설립할 때는 회의 때마다 낯선 남자들이

168

무더기로 나타나 회의장을 채웠고, 재개발 주민 동의서를 받을 때는 꽃 같은 젊은 여자들이 늦은 밤까지 떼로 몰려다녔다. 젊은 여자들은 이번에 재개발에 참여하셔서 재산을 크게 형성하셔야지요, 한몫 챙길 수 있는 좋은 기회가 찾아왔는데 놓치지 말고 꼭 잡으셔야지요, 하면서 동네를 휘젓고 다녔다. "젊고 예쁜 여자들을 어디서 이렇게 불러 모았대요? 많기도 해. 여자들이 살랑거리면서 사람들 혼을 아주 쏙 빼놓네." 축대 집 아주머니가 눈을 휘둥그레 굴리며 수군거렸을 때 지점장은 이 업계에서는 중요한 시점마다 젊은 여성들을 이용한다고 점잖게 말했고, 쌀집 아저씨는 화냥년이 화냥질하는 것밖에 더 알겠어, 하고 대답했다.

감시원들의 순시로도 모자랐는지 어느 날 갑자기 새로 생긴 감시 카메라가 마을을 그물망처럼 촘촘하게 뒤덮었다. 조합에서는 쓰레기 무단 투기를 막기 위해서 구청에서 설치한 것이라는 소문을 퍼뜨렸다. '녹화중'이라고 쓴 플라스틱 안내판이 있는데도 널따란 흰 용지에다 두터운 고딕체로 'cctv 촬영 중'이라는 글씨까지 써서 붙여놓았다. 누가 세어보았는데 그 cctv가 44개라고 했다. "네놈들 죽어, 죽어, 라는 뜻이야." 쌀집 아저씨가 너털웃음을 웃었다.

기존에 있던 11개의 cctv까지 합하면 55개의 눈이 주민들을 감시하고 있는 것이었다. 그 작은 재개발 지역에 파리 떼처럼 나붙은 '촬영 중'이라는 글씨를 볼 때마다 순영의 머릿속에서는 협박하는 중, 괴롭히는 중, 조롱하는 중, 그런 문구들이 어지럽게 떠돌았다. 재개발 주민들 인권이나 자존심은 함부로 짓밟아도 된다고 허가가 난 거예요? 누군가 조용히 화를 냈는데 돈이면 모든 게 합법이 되는 나라야, 다른 누군가 소곤대듯 대답을 했다.

44개의 새 감시 카메라가 조합에서 매단 가짜 cctv라는 것이 밝혀지기까지는 꽤 시간이 걸렸다. 판교에서 직장 생활을 하고 있다는 은행나무 집 아들이 오랜만에 어머니 집을 방문했다가 그 cctv의 결함을 발견했다. 그것들은 촬영 중인 cctv가 아니라 작동을 하지 않는 cctv였다. 그렇다고 그것이 모형 카메라는 아니고 고가의 진짜 cctv인데 촬영을 하지 못하는 것뿐이라고 했다. "그년한테 또 속았어. 그년이 하는 짓이 맨날 그렇지 뭐. 주민들 협박하고 돈 빼돌리고, 꿩 먹고 알 먹고." 은행나무 집 아주머니가 그 말을 했을 때 주민들은 헛웃음을 치고는 길 건너 구청 옆 건물에 있는 병원과 약국으로 달려갔다. 조합장에게 농락을 당할 때면 주민들은 몸 안으로 한 움큼씩 약을 털어 넣었다.

그 cctv를 달기 전에는 주민 센터에서 마을 곳곳에 쓰레기 무단 투기 방지용 대형 석조 화분들을 세웠다. 화분이 들어서는 것을 지켜보았기 때문에 주민들은 44개의 cctv를 구청에서 설치했다는 조합의 말을 그대로 믿었다. 그 화분들 옆에는 줄에 매단 노란 경고문이 수건처럼 바람에 나부꼈다. 쓰레기 불법 투기 적발 시 100만 원 이하의 과태료를 부과한다는 엄포용 글이었다. 조합에서는 동네에 온갖 광고물을 부착하고 끊임없이 플래카드를 매달았다. 형법 제 몇 조, 몇 항에 의거, 몇 년 이하의 징역 또는 몇백만 원 이하의 벌금에 처한다, 라고 쓴 노란 딱지와 현수막들이 초등학교 가을 운동회 만국기처럼 펄럭이는 동네에서 살고 있으면서도 주민들은 화분 앞에서 수군덕거렸다. "금방 철거할 동네에다 무슨 화분들을 저렇게 갖다 놓는 거야. 세금만 축내는 짓이지." "주민들 민원은 묵살하면서 뇌물을 먹이니까 조합에서 해달라는 건 무조건 즉각, 즉각이라니까." 쓰레기 투기 방지용 대형 석조 화분들은 얼마 지나지 않아 둔중한 폐기물로 둔갑했다. 이삿짐 차량들이 들이받고 지나가서 그랬는지 아니면 범죄예방센터 덩치들이 고의로 넘어뜨렸는지 흙과 말라버린 꽃가지들을 쏟아놓고 길바닥에 나뒹굴었다.

"못된 짓을 하는 인간은 쳐다보는 것만으로도 아주 괴로운 일이라구. 혼자서는 절대 감당을 못해. 그래서 뭉쳐야 하는 거야." 쌀집 아저씨는 조합의 협박과 회유와 거짓말 속에서 갈팡질팡하는 주민들을 다독거렸다. 조합으로부터 집과 땅에 대한 보상비를 받고 마을을 떠나야 하는 그들 비조합원의 공식 명칭은 현금청산자였다. 아파트 건설에 찬성한 조합원들은 공고한 대로 3개월 안에 이주를 완료해야 했지만 현금청산자들은 여러 절차를 거쳐야 하므로 조합원들보다 오래 마을에 머물러야 했다. 복잡한 절차를 밟지 않고 조합과 보상비를 협상해서 일찍 떠나는 현금청산자들도 있었다. 조합에서는 자신들과 타협을 보고 빨리빨리 떠나기를 바라기 때문에 현금청산자들을 괴롭혔고, 현금청산자들은 시간이 걸리더라도 보상비를 한 푼이라도 더 받기를 원했으므로 조합의 협박을 견뎌내고 있었다. 그러나 순영은 보상비 문제가 아니라 고3 아이가 머물기를 바랐기 때문에 마을에 오래 남는 길을 선택할 수밖에 없었다.

조합에서 토지수용위원회에 제출한 서류는 조작된 것이었다. 허위 서류를 제출해서 주민들에게 지급해야 할 지연 가산금을 무효로 만들었다. 설립 때부터 시작된 조합의 갖

172

가지 부정과 비리를 낱낱이 밝혀낸 사람이 지점장이었다. 오래전에 현직에서 물러났지만 주민들은 그를 지점장이라고 불렀다. 재개발에 관한 것들은 그 분야에 전문지식을 갖지 않은 일반인은 알 수 없는 세계였다. 지점장은 은행에서 대출 담당자로 일했던 경험을 살려 조합의 서류 조작을 샅샅이 찾아냈다. 그가 책 한 권도 넘는 분량의 두터운 인쇄물을 들고 나타났을 때 주민들은 당연히 조합에서 제출한 서류가 반려될 것이라고 생각했다. 그러나 그런 일은 일어나지 않았다. 그 뒤로도 조합에서는 허위 서류와 거짓말로 번번이 주민들을 골탕 먹였다. 주민들이 전화로, 서류로, 인터넷으로 민원을 냈지만 공무원들은 우리에게는 아무 권한이 없습니다, 라는 판에 박힌 답변만 보냈다.

"공무원들에게 관리 감독을 기대하는 게 어리석은 짓인 것 같아요. 그 사람들은 서류 장난만 하지 실제로는 아무것도 안 하네요." 순영이 마을 사람들과 함께 지점장을 따라 직접 담당 공무원을 찾아갔을 때 나이 어린 여자 공무원은 "나는 모르는 일이라고 했잖아요." 하면서 그들을 노려보았다. 그것은 초등학교 저학년 어린이들이 친구와 싸울 때 하는 행동이었다. 시험 문제만 죽어라 암기를 해서 공무원이 되었을 그에게 기대할 수 있는 게 없었다. 하는

수 없이 소속 상관에게 알리려고 그의 자리로 다가갔는데
그는 누군가와 골프 얘기를 하느라 오래도록 전화를 끊지
않았다. 그들에게 시선을 주면서도 그는 그들을 무시했다.
겨우 통화를 끝낸 그는 자기에게 볼 일이 있냐고 새삼스럽
게 물었다. 그는 지점장이 하는 얘기를 짐짓 듣는 척하더
니 모든 것은 심의위원들이 결정하는 거라고 자기에게는
어떤 권한도 없다고 말했다. "심의위원들이라는 사람들도
아마 거수기일 뿐일 겁니다. 평가한답시고 나와서는 박수
나 치고 사인이나 하는 거겠지요." 지점장은 한숨을 쉬고
는 그를 따라나선 주민들에게 미안하다고 하면서 건설사
와 관료들과 언론과 은행과 그쪽 전문가라고 떠드는 교수
들까지 전부 한통속이라고 말했다.

조합장 이름으로 소장이 날아들었다. 국어대사전보다
더 두꺼운 소장을 집집이 송달하던 법원 집행관은 "조합장
이 도대체 누구예요?" 하면서 화를 냈다. 그것은 왜 이런
짓을 벌이냐는 뜻이었다. 고지식한 사람들은 조합장의 이
름을 대면서 "그건 가짜 이름이구요. 진짜 이름은 달라요.
이름을 여러 차례 바꾸었거든요." 하고 말했다. 사건 번
호 밑에는 경매 운운하는 협박의 언어들이 뒹굴고 있었다.

"보상비도 안 받았는데 벌써 집을 내놓으라고?" "조합장이 뭘 알겠어. 사무장 놈이 여간내기가 아니래. 그놈이 벌이는 짓이야." "우리더러 피고라고? 우리가 원고가 되어서 조합장을 피고로 소장을 만들어야 하는 거 아냐? 그게 세상 순리 아니냐고?" 주민들은 마냥 분통을 터뜨리다가 길 건너 구청 옆에 있는 병원으로 달려갔다. 당한 놈이 참고 살아야 하니까 화병이 창궐하는 거라고 쌀집 아저씨가 말했다.

조합장의 소송대리인이라는 직함으로 주민들을 범죄자로 몰아가는 그 법무법인을 두고 쌀집 아저씨는 법무법인 돈맥이라는 별칭을 붙였다. "아무리 변호사가 돈을 버는 직업이라고 해도 이런 식으로 하면 안 되는 거지. 양심이라는 게 있어야지." 글자 하나 바꾸었는데 그 법무법인에게는 더할 나위 없이 완벽한 이름이 되었다. 순영은 아저씨가 작명의 대가라는 생각을 했다. 돈맥은 생소하고 기괴한 서류를 주민들에게 무한정 살포했다. 피고는 해당 부동산의 명도를 거부하고 있다, 피고는 부동산을 명도하라, 소송 비용은 피고가 부담한다, 따위의 터무니없는 조항들이 나열된 소장을 받아 들고 침착할 수 있는 주민은 없었다. "우리가 명도를 거부하고 있다고요? 아직 보상금 책정도 안 했는데 지금 뭐하는 거예요. 돈을 받아야 이사를 가든지 말든지 하는 거지." 지점장이 돈맥으로 전화를 했을 때 잠깐 기다리세요, 했던 여직원이 한참 만에 대답했다. "담당 변호사님은 자리에 안 계시고요. 재개발 사업 일정표에는 모든 주민이 작년 12월에 이주 완료하게 되어있습니다. 우리는 그 날짜에 맞춰서 움직이는 것뿐입니다." 주민들은 어이없는 답변에 폭소를 터뜨렸다. "조합 서류는 다 가짜라고. 이주 완료는 올해 7월이야. 아직 반년도 더 남았어." 어떤 침입자 앞에서도 침착할 줄 알았던 지점장이 굉장히 화를 냈다. 공무원들도 모른 척한 조합의 허위 서류에 돈맥에서 관심을 가질 리 없었다. 주민들이 항의하든 말든 돈맥은 아랑곳하지 않고 사건번호를 붙인 법원 소장을 주민들에게 난사했다.

"이 일을 어째. 집달리가 왔어요." 유리 가게 뒷골목에 사는 아주머니가 비명을 지르며 울부짖는 바람에 주민들은 혼비백산이 되었다. 사무장이 집달관이라는 남자들과 덩치들을 데리고 동네를 휘젓고 다니면서 압류 딱지를 붙이고 있었다. 보상비도 확정되지 않은 때였다. 돈도 안 받았는데 벌써 압류 딱지를 붙이냐고 소리를 질러도 그들은 입가에 야릇한 웃음을 지으며 건물 벽에 딱지를 네 장씩 붙이고는 "이걸 한 장이라도 파기하거나 손상하면 형법 제 140조 1항 제323조에 의거 형벌을 받게 됩니다." 하면서 거드름을 피웠다. 사람이 없거나 문을 열어 주지 않는 집 은 강제로 문을 따고 들어가서 압류 딱지를 붙였다.

지점장네 건너편에 있는 빈집에서 불이 났을 때 불자동 차가 오는 소리를 들은 사람은 별로 없었다. "빈집들은 전 부 전기를 끊어 놓았잖아요? 그런데 어떻게 그 빈집에서 불이 날 수 있지요?" "이사 간 지 몇 달이나 지난 빈집에 서 불이 난 것도 수상하지만 더 이상한 건 우리들이 불이 난 걸 몰랐다는 거예요." "몇 해 전 사거리에 있는 부동산 사무실에서 불이 났을 때는 얼마나 요란했어요. 큰불도 아 니고 금방 꺼졌는데도 전국에 있는 소방차란 소방차는 다 오는 줄 알았어요." 조합에서 불을 질렀다는 것을 의심하 는 주민은 없었다. 불은 그 빈집 거실을 시커멓게 태웠다. 지점장은 경찰에 수사와 감시 카메라 설치를 요청했다. 그 러나 지점장의 요청은 묵살되었고 그 빈집에서 불이 나고 두 주일 만에 지점장네 차고에서 불이 났다. 지점장 부인 이 진료를 받으러 대학병원에 갔던 날이었다. 그날도 불자 동차는 비교적 조용히 달려왔다. 누가 보든 조합에서 벌인 짓이었다. 경찰서와 구청에서는 조합에서 불을 질렀다는 증거를 대라고 주민들에게 화를 냈다.

지점장은 경찰서로 찾아가 핸드폰 도청과 방화에 대한 수사를 의뢰했다. 지점장의 핸드폰은 도청을 당하고 있었다. 경찰은 움직이지 않았다. 담당 형사는 지점장을 피해 다녔고 나중에는 지점장의 전화를 받지 않았다. 지점장 부인이 조합과 합의를 해서 얼른 마을을 떠나자고 남편에게 애원했다. 지점장이 조합 사무실에 갔을 때 조합장이 지점장을 조롱했다는 소문이 돌았다. 순영은 지점장이 느꼈을 외로움과 굴욕감, 패배감 그런 것들을 생각했다. 얼마 뒤 쌀집 아저씨네 집 앞에 있는 빈집에서 불이 났고 이틀 뒤 그 옆 빈집에서 불이 났다. 불자동차는 조용히 달려와서 신속하게 불을 진화했다. "사람이 죽어도 경찰에서도 수사하지 않을 거야. 누가 죽인 게 아니라 빈집 화재로 죽은 거니까." 쌀집 아저씨 큰아들이 아버지에게 고함을 질렀다. 쌀집 아저씨 큰아들이 조합 사무실로 찾아가 합의를 보았다. 네 번의 화재를 겪는 동안 주민들은 우르르 조합으로 달려가 합의를 했다. 조합장은 합의를 항복이라고 부르며 웃고 있다고 했다.

"조합장이 변했어. 얼마나 친절한지 몰라. 사무장도 겸어 보니까 사람이 좋더라고. 우리가 오해한 거야. 괜히 버티다가 집값만 올랐잖아. 잘 쳐준다고 했을 때 이사를 갔으면 얼마나 좋았겠어. 아직 늦지 않았어. 얼른 조합에 가서 합의해." 순영은 그 아주머니가 집으로 찾아올 줄은 몰랐다. 지점장 집과 담장으로 이웃한 아주머니였다. 순영은 쌀집 아저씨가 그 아주머니를 조심하라고 지점장에게 주의를 준 일을 알고 있었다. 빈집에서 불이 났을 때도 아주머니는 노숙자들이 불을 질렀다고 떠들고 다니더니 지점장 집도 노숙자의 소행이라고 주장했다. 순영은 조합에서 그 아주머니를 통해 지점장 집에 불을 놓을 위치와 시간을 정했다고 생각했다. 아주머니는 사무장이 착하다는 말을 반복했다. 순영은 쌀집 아저씨에게 들은 대로 "그 남자는 이 바닥에서 닳고 닳은 사기꾼이에요. 사기꾼은 상냥해요."라고 말할 수는 없었다. "빨리 떠나. 나쁜 놈들은 못 당해. 내가 살기 위해 가는 거지." 대추나무 집 아주머니는 이삿짐 차에 오르면서 순영에게 소리를 질렀다.

아이는 아직 오지 않았다. 순영은 불안한 마음으로 담장 밖을 연신 기웃거렸다. 낮에 홍보요원 둘이 다녀갔다. 얼마 전에는 젊은 여자 둘이 왔는데 오늘은 늙은 여자 둘이 들어서면서 "야, 정원이 넓네요. 이사 가기 아깝겠다. 열매들이 많이도 달렸네." 하면서 그를 위로하는 척하는 것이었다. 그들이 웃는 얼굴로 말을 했는데도 순영은 "7월 말에 이사한다고 백 번도 더 말했는데 왜 자꾸 오는 거예요. 어서 나가세요." 소리를 질렀다. 조합에서 무슨 짓을 하든지 반응을 하지 말라던 쌀집 아저씨의 충고가 떠올랐다. 조합에서는 용역비를 빼돌리기 위해 그들을 계속 보낼 것이라고 했다. 아저씨는 이사를 하고도 자주 마을에 나타났다. 순영은 조합장이 돈을 얼마나 빼먹든 관심이 없었다. 자신과 아이에게 몹쓸 짓을 하지 않기를 바랄 뿐이었다. 며칠 전에는 남자가 전화를 했다. 조합 사무실이라면서 이사를 언제 가냐고 묻는 것이었다. "7월 말에 간다고 백 번도 더 말했잖아요. 적당히 좀 해요." 순영은 애원하듯 대답했다. 전화기 속에서 남자는 말했다. "씨팔년, 잘도 견디시네. 이런 데서 받는 스트레스가 보통이 아니라는데." 순영은 가슴 속에서 치밀어 오르는 것들을 조용히 눌러야 했다.

조합에는 아이가 방학을 하면 짐을 정리해서 7월 말에 이사를 가겠다고 말해 두었지만 사실은 아이의 기말고사가 끝나는 대로 남몰래 떠날 예정이었다. 6월 말을 7월 말이라고 거짓말을 한 것은 조합에서 해코지를 할 것이기 때문이었다. 나이 든 이들은 그것을 두고 조합장이 앙갚음을 한다고 했고 젊은이들은 조합장의 사이코패스 짓거리라고 표현했다. 이사 날짜에 임박해서 그는 크게 보복을 할 것이다. 반드시 그럴 것이라고 순영은 생각했다. 조합에서는 벌써부터 순영에게 끊임없이 몹쓸 짓을 하고 있었다. 대문 앞에 주차한 그의 승용차에 두 번이나 못을 박았다. "이런 위치에 못이 박힌다는 것은 고의가 아니면 불가능해요." 단골 정비 기사의 진단을 받았을 때 그의 머리에서는 앙갚음이라는 단어가 떠올랐다. 승용차 타이어에 다시 못이 박혔을 때 그는 사이코패스라는 단어를 생각했다.

며칠 전에는 순영의 집 옆에 있는 빌라에서 자명종 소리가 났다. 4층 빌라는 반년 전부터 완전히 비어 있었다. 순영은 조합사무실로 전화를 했다. 받지 않았다. 이주사무실로 전화를 했다. 젊은 남자 둘이 조사를 나왔다. '이 건물은 조합으로 소유권에 대한 권리가 이전된 바, 만일 건물 내 침입 시 형법 제319조 제1항, 침입한 자는 3년 이하의 징역 또는 500만 원 이하의 벌금에 처한다, 에 의거 고발 조치함.'이라고 쓴 노란색의 커다란 경고장이 붙은 현관 유리문을 열고 빌라 안으로 들어갔다. 그 샛노란 경고장은 온 동네 집집마다 죄수복 명찰처럼 붙어 있었다. 깨진 유리조각들을 비껴 디디며 빌라 건물 안에 있는 8채의 집을 샅샅이 뒤졌다. 소리는 나는데 시계는 없었다. "누가 길에다 버리고 간 자명종에서 나는 소리가 아닐까?" 두 젊은 남자 중에서 나이가 많아 뵈는 남자가 말했다. 다음 날 다시 그 소리가 들렸다. 분명히 빌라 안에서 나는 소리였다. 전날처럼 8채의 집을 살폈다. 사람도 자명종도 없었다. "소리가 도어락에서 날 수도 있대요." 나이가 많아 뵈는 남자가 순영에게 말했다. "여기 사람들이 이사 간 게 언젠데요." 순영은 강하게 고개를 저었다. "고장이 나서 이제 울리는 거겠지요. 요즘 신형 도어락은 그래요." 쌀집 아저씨가 아들을 통해서 알아보겠다고 했다. "3분 울리다 2분 안 울리고 또 몇 분 울리다 안 울리고, 그러면서 서너 시간 소리가 난다고 했지요? 그런 기계를 만들 수 있다면 노벨상이라나 뭐 그런 큰 상을 탈 거라고 하던데?" 조합에서 업체에다 용역을 주고 어딘가에 스피커를 설치해 놓고 원격으로 조종하는 것이라고 했다. 다음날엔 고물상 트럭에서 나올 법한 소리가 종일 들렸다. "고장 난 컴퓨터 삽니다. 세탁기 삽니다, 냉장고 삽니다…." 순영은 이주사무실에 전화를 하지 않았다. 순영은 사건이 있을 때마다 매번 쌀집 아저씨에게 일러바쳤다. 아저씨는 순영이 잘 견디고 있다고 위로를 하면서 자기가 못된 조합장을 대신 혼내 주겠다고 약속했다. "내가 가만있을 것 같아? 내가 그 화냥년 집에다 불을 놓을 거야. 그년 집을 홀딱 태울 거라고. 경찰도 안 움직여. 아무도 안 움직이지." 순영은 아저씨에게 빈집에다 불을 놓는 게 무슨 소용이 있냐고 묻지 않았다.

순영은 고개를 길게 빼고 담장 밖을 내다보았다. 아이는 오지 않는다. 한길에서 들려오는 차 소리도 점점 뜸해지고 있었다. 해가 지면 대문을 나서지 않게 된 것은 아이와의 약속 때문이기도 했지만 그 남자 때문이기도 했다. 남자는 정보사 특수요원이라고 했다. 그 집 파란 철대문은 항상 잠겨 있었는데 어쩌다 모자를 깊게 눌러쓴 남자를 보게 되는 날에도 남자는 바람보다 빠르게 사라졌다. 순영이 쌀집 아저씨에게 특수요원이 무엇이냐고 물었을 때 "공작원이야. 무시무시한 북파공작원. 조합장도 그 집은 함부로 못 건드려." 하고는 이내 입을 꽉 다물었다. 영화 속 세상도 아니고 진짜 공작원이라니, 순영은 그 남자가 궁금해서 인터넷을 자세히 검색해 보았다. 그런 세상이 현실에 존재했다. 그가 감당할 수 없는 세상이 하나 더 늘어났다는 생각이 들었다.

사람들이 떠난 빈집에서도 꽃들은 피어났다. 마을에 꽃 향기가 은은했다. 순영은 구청 체육관에서 운동을 하고 집으로 돌아오고 있었다. 그 남자네 대문이 활짝 열려 있어서 자신도 모르게 그 집으로 다가갔다. 마당에 있던 남자가 먼저 인사를 했다. 순영도 얼떨결에 인사를 했고 "이사를 가시나 봐요."라고 말했다. 그 남자는 현금청산자가 아닌데도 이사를 하지 않고 있었다. 소문에 의하면 그 남자가 살 집은 국가에서 지정을 해 주고 관리도 해 준다고 했다. 그 남자는 "많이 힘드시지요." 하고 순영에게 다정하게 말했다. 미소년 같은 그 남자에게 무시무시하다는 느낌은 없었다. "조합장이 무슨 짓을 벌였는지 다 알고 있습니다. 네 번이나 불이 난 것도 알고 있습니다." 남자의 눈은 예리하게 빛났지만 목소리가 맑고 깨끗했다. 순영은 주민들과 교류가 없는 그가 마을에서 일어난 일을 어떻게 알고 있는지 묻지 않았다. 그 남자의 직업은 정보사 특수요원이었다.

"집값 공포 사기에 온 국민이 낚이고 있어요. 기득권들이 짜 놓은 프레임에 갇힌 거지요." 그 남자는 지점장처럼 우리나라 부동산이 걱정스럽다는 말을 했다. "음모입니다. 국민을 투기판에 몰아넣고 빚쟁이들을 만들고 있지요." 순영은 놀란 눈으로 그 남자를 바라보았다. 불빛에 비친 남자의 표정은 진지하고 성실했다. "언론 조작으로 만든 환상에 특히 젊은이들이 넘어가고 있어요. 불나방처럼 날아들고 있는 겁니다. 뒷돈을 받는 유튜버들이 현란한 언어로 기름을 끼얹고 있고요. 현대판 노예사냥이라고나 할까요." 그 젊은 공작원은 뻔뻔한 약탈자들이라는 표현을 썼다. "예전에는 칼을 들고 남의 것을 강탈했는데 이제는 합법적으로 사람들로 하여금 잘못 판단하게 만들어서 털어가는 겁니다. 그 세력들은 언론이 막아주고 법이 보호해 줍니다. 대통령도 그들을 건드릴 수 없지요." 남자는 나라를 흔들고 있는 어두운 세력들에 대해, 순영은 사람을 초라하고 절박하게 만드는 조합장의 협잡과 폭력에 대해 주로 이야기를 했다.

남자는 작별 인사를 하는 순영에게 다급하게 말했다. "낮에도 큰길로 다니세요. 골목길로는 다니지 마세요." 골목에서 귀신이 나오는 바람에 어느 아주머니가 기절해서 실려 갔다는 얘기를 덧붙였다. "귀신이라고요?" 순영은 자신도 모르게 목소리가 커졌다. 순영은 그런 소문을 들은 적이 없었다. "네. 귀신이 나온대요. 특히 밤에는 절대 집 밖으로 나오지 마세요." 그는 걱정스러운 얼굴로 순영을 바라보고는 집 안으로 들어갔다. 순영이 마을에 나타난다는 귀신 얘기를 전했을 때 쌀집 아저씨는 말없이 고개를 끄덕였다. "우리 아들도 그러더라고. 아버지 그 동네 자꾸 가지 마세요. 가더라도 큰길로만 다니세요. 그러더라고." 아저씨는 그 남자가 순영에게 닥칠지도 모를 어떤 위험을 암시했을 거라고 주장을 하고는 단단히 주의를 주었다. "어떤 일에서도 희생자가 되지 않는 게 중요해. 밤에는 절대 대문 밖으로 나가지 말아요." 마을에 있는 보안등이 모조리 꺼진 것은 그 남자가 이사를 간 다음이었다. 주민들의 안전을 지키기 위해서 없는 감시 카메라도 새로 설치해야 할 구청에서 있던 cctv까지 철거한 것도 남자가 이사한 다음이었다. 진짜 cctv 11개는 없어지고 조합에서 달아놓은 가짜 cctv만 남았다. 미 이주 주민들의 안전한 주거권 확보를 주장해 줄 사람은 없었다.

아이는 귀가하지 않고 있다. 기말고사가 얼마 남지 않았으니까 아이는 공부에 더 욕심을 내고 있을 것이다. 마당으로 바람이 불었다. 눅눅한 바람이었다. 건넛집 창고 양철지붕이 덜거덕 소리를 냈다. 기둥에 박은 못이 떨어져 나간 것이었다. 처음 그 소리를 들었을 때 순영은 얼마나 크게 놀랐는지 모른다. 화단 앞 의자에 앉아 있던 순영은 슬리퍼를 벗고 의자 위로 올라섰다. 어둠이 점령한 지붕들 너머로 이층집 불빛이 보였다. 불안했던 마음이 조금 누그러졌다. 아주머니도 밤이면 순영의 집 불빛이 퍽 의지가 된다고 했다. 재개발 이야기가 나오기 전, 길을 넓힌다고 마당이 잘려나갈 때 받은 보상금에 빚을 내어서 아주머니는 낡은 집을 부수고 이층집을 지어 올렸다. 죽을 때까지 살려고 튼튼하게 지은 집이라고 했다. 건축 일을 오래 했던 남편이 아래층에다 자그맣게 집수리 가게를 열었다. 그럭저럭 밥벌이를 하면서 걱정 없이 살려고 했던 게 재개발로 물거품이 되어버렸다. 스트레스를 받은 상태에서 집을 구하러 다니다 남편이 사고를 당했고 요양병원에 입원하게 되었다. 조합에서 이사 독촉 전화를 했을 때 철거하려면 아직 시간도 많은데 그만 독촉을 하라고 했더니 그쪽에서 입에 담기 어려운 욕설을 퍼부었다고 했다. 아주머니는 속에서 불이 나는 것 같다고 했다. 내 집에서 쫓겨나는 것도 원통한 일인데 조합에서 죄인 다루듯 하는 게 괘씸해서 견딜 수 없다며 아주머니는 눈물을 닦았다. 말끝에 아주머니는 그래도 이사를 같이 가게 되어서 조금 마음이 놓인다고 했다. 순영은 아주머니에게 이사 날짜가 사실은 7월 말이 아니라 6월 말이라고 실토를 할 수는 없었다. 순영은 쌀집 아저씨에게조차 6월 말에 이사를 한다는 사실을 밝히지 않았다.

아이는 아직도 오지 않는다. 순영은 아이에게 전화를 하고 싶은 마음을 꾹 눌렀다. 지점장의 전화는 도청을 당했다. 순영이 자신의 전화도 도청을 당하고 있는 게 아닐까 의심을 하게 된 것은 핸드폰 속에서 자꾸 딸깍거리는 소음이 들렸기 때문이었다. 배터리가 뜨거워지기도 했다. 서비스센터로 달려가서 점검을 받았는데 기계에는 아무 이상이 없다고 했다. 바꾼 지 1년도 안 된 핸드폰이었다. 서비스센터 직원은 도청 가능성이 충분히 있다고 말하면서 도청이라는 건 소름 끼치게 끔찍하고 무서운 일이라고 했다. 그렇지만 경찰서에 정식으로 고발을 해야 도청 여부를 확실하게 조사할 수 있다고 했다. 경찰이요? 순영은 자신도 모르게 한숨을 쉬었다. 아이는 오지 않는다. 순영은 핸드폰을 만지작거렸다. 그러나 아이에게 전화를 하지는 않는다. 그들이 그의 핸드폰을 도청할 것만 같다. 아이의 늦은 귀가를 알면 그들이 아이를 해칠 수도 있다. 범죄예방센터 사무실에는 밤새 불이 켜져 있다고 했다. 그들은 범죄를 예방하지 않는다. 주민들은 그들이 범죄를 저지른다고 믿고 있었다. 그놈들이 낄낄거리는 소리가 들리는 것 같다.

보름만 견디면 된다. 순영은 길게 고개를 빼고 담장 너머를 바라보는데 자꾸만 숨이 막힌다. 습한 공기 탓이다. 바람이 불고 감나무 작은 열매들이 후드득 떨어지는 소리가 났다. 뉴스에서는 장마전선이 북상하고 있다고 했다.

사진을 찍는 이유

A4 용지에 6컷의 사진을 배치하고 인쇄를 하는 것으로 작업은 마무리 되었다. 구청에 제출할 민원서류에 첨부하는 사진들이었다. 첫 번째 사진에는 천막으로 덮은 흉물스런 가건물 뒤로 얼룩덜룩한 플라스틱 그릇들과 불그죽죽한 고무 대야들이 어지럽게 널려 있다. 두 번째 사진에선 구겨진 비닐 뭉치들과 때 묻은 포대들이 원산폭격 자세로 구석구석 처박혀 있고, 짓무른 과일들과 채소들은 줄줄 녹아내리고 있었다. 그 아래 배치한 사진들은 칼질 자국이 어지럽게 찍힌 나무판 위에서 짓이겨진 생선 살점들과 길바닥에 늘어놓은 부엌살림을 찍은 것이었다. 밥알이 달라붙은 양은 냄비와 크고 작은 밥그릇들과 숟가락들이 시멘

트 바닥 위에서 나뒹굴고 세제를 탄 뿌연 설거지물에는 크고 작은 벌레들이 둥둥 널브러져 있다. 마지막 줄에 배치한 사진 속 장면들 역시 지저분하고 더러웠다. 고장 난 냉장고와 세탁기 같은 폐가전제품들이 길가를 어지럽게 점령했고, 망가진 오토바이와 녹슨 자전거 짐칸에는 곰팡이 핀 박스와 폐지와 찌그러진 깡통 같은 잡동사니들이 가득 차 있었다.

　"사진을 잘 찍기 위해 먼저 해야 할 것이 있습니다. 사진을 못 찍는 걸 피해야 합니다." 사진 교실 강사는 수업 첫 시간에 잘 찍은 사진이 아니라, 잘못 찍은 사진에 대해 강의를 했다. "사진은 못 찍지만 않으면 절반은 성공한 것입니다." 강사는 못 찍지 않기 위해서는 찍지 말아야 할 것들을 안 찍으면 된다고 했다. "찍지 말아야 할 것에 어떤 것들이 있을까요?" 강사가 칠판에 '쓰레기'라고 적고 "피사체 선정에서 피해야 할 첫 번째 대상은 쓰레기입니다." 하고 말했을 때 혜선은 자신도 모르게 강사를 향해 고개를 끄덕이고는 빙그레 미소를 지었다. 강사는 쓰레기 다음으로 너무 작은 것들, 발광체, 글자, 단색, 질감이 없는 것, 평면적인 피사체 따위를 칠판에 나열했다.

혜선에게 사진이 매력적으로 다가온 것은 현실을 가려서 선택할 수 있기 때문이었다. 혜선은 그리 젊지도 않았지만 그렇다고 늙었다고 말할 수도 없는 나이였다. 그러나 그는 이 세상에 살면서 너무 많은 것들을 보았으므로 이제는 퍽 지쳤다는 생각을 갖고 있었다. 게다가 앞으로도 오랫동안 이 세상을 보아야 한다는 생각이 그를 두렵고도 고달프게 했다. 혜선은 아름답고 향기롭다고 판단되는 대상에 카메라 렌즈를 들이밀었다. 그러나 쓰레기는 어느 곳에나 섞여 있었으므로 쓰레기를 배제하기 위한 노력을 해야 했다. 프레임을 어떻게 설정하는가는 순전히 찍는 이의 몫이었다. 심도와 앵글 따위의 세부적인 사항까지 세심하게 신경을 쓰며 아름다운 것들을 사진에 담았다. 싫은 것들에 매몰되어 신음하며 살아왔던 지난 시간들을 보상이라도 받으려는 듯 혜선은 사진에 매달렸다.

비록 핸드폰 사진이지만 여자의 쓰레기를 찍는 일은 쉽지 않았다. 몇 차례나 찾아간 끝에 혜선은 겨우 골목길을 점령하고 있는 그 쓰레기들을 찍을 수 있었다. 가게 앞에 사람이 없고, 남자의 화물 트럭이 보이지 않고, 여자가 점포 안으로 들어갔을 때 겨우 몇 장의 사진을 찍었다. 만약 여자가 설령 그것이 쓰레기일지라도 자기 소유라고 주장

할 수 있는 것을 사진에 담는 것을 본다면 악다구니를 쓰는 것을 넘어 경찰을 불렀을 것이다. 여자와 남자는 밥 먹듯이 경찰을 불러댄다고 했다. 경찰이 등장하면 가해자인 여자와 남자는 피해자로 둔갑하고 피해자들은 가해자가 된다고 했다. 그래서 주민들은 여자와 남자를 두려워한다고 했다. 염치없고 그악스럽기로 소문이 난 그 여자와 남자 주변에도 얼쩡거리는 사람들이 많았다. 외로운 노인들과 직장을 잃은 남자들과 심심한 여자들이 가게 앞에 와서 웃고 떠들었다. 여자와 남자는 그들에게 팔다 남은 채소나 생선을 쥐여주었다.

앞집 남자는 투석을 받으러 병원에 다니고 있다고 했다. 그가 남편에게 전화를 걸어서 도움을 청했다. 골목 쓰레기 문제로 구청에 여러 차례 전화를 했지만 시정이 되지 않는다고 하소연을 했다. 앞집 사람들은 혜선이 그 마을을 떠나기 몇 달 전에 이사를 온 사람들이었다. 골목길에서 마주칠 때 가볍게 인사를 건넸지만 왕래는 없던 이들이었다. 남편이 그 일에 나선다고 했을 때 혜선은 반대했다. "골목에다 가건물을 짓는 건 불법이잖아. 길바닥에서 설거지를 하고 말이야. 민원이 제대로 전달되지 않았을 거야." 남편은 그 일을 대수롭지 않게 여겼다. 열 집이 그 골목을 이용했다. 골목 입구에는 원래 차를 두 대 가량 댈 수 있는 빈 공간이 있었다. 그런데 그 여자가 채소 가게를 하면서 그곳에 천막으로 가건물을 세웠다. 천막 안에다 과일과 채소를 진열하고 그 뒤 노상에다 부엌살림을 펼쳐 놓고 폐가전 제품들과 쓰레기를 쌓아 둔 것이었다. 좁아진 골목에서는 악취가 나고 벌레가 들끓는다고 했다. 재개발 지구 지정과 해제가 반복되면서 인근의 상가와 주택의 노후화는 빠르게 진행이 되고 있었다. 투자자들이 사들인 집들은 세입자들 차지가 되었고 거주자들은 자주 바뀌었다. 그 골목에서 주인이 거주하는 집은 진돗개를 기르는 부부와 거동이 불편한 노인과 투석을 받는다는 앞집 부부뿐이었다. 투석을 받는 그 남자의 뒷집이 그들이 살던 집이었는데 지금은 세를 놓고 있었다.

혜선의 만류에도 불구하고 남편은 구청 정문에서 투석을 받는 앞집 남자를 만났다. 앞집 남자가 전화를 걸 때면 담당 공무원이 자리에 있는 날이 별로 없었다고 말했다. 남편은 그것은 민원 전화를 피하려고 공무원들이 거짓말을 하는 거라고 얘기했다. 앞집 남자가 자기도 그렇게 생각하고 있었다면서 이리저리 피하기만 하는 공무원들에게 화가 나서 힘들었다고 실토했다. 남편은 요즘 공무원들이 권한만 챙기고 책임은 없다고 맞장구를 쳐주었다. 투석을 받는 남자는 건축법을 들먹이는 남편에게 기대를 걸었다. 그들이 도시과로 찾아갔을 때 맨날 출장 중이었다는 주무관이 자리에 있었다. 앞집 남자가 몇 달 동안 전화를 했던 사람이 자기라고 소개를 하고는 가건물을 철거해야 한다고 말했다. 주무관은 그 땅은 사유지라서 건드릴 수 없다고 했다. 남편이 건축법을 들먹이며 사유지라도 그 공간은 비워두게 되어있다고 주장했다. 주무관이 그것은 건축과 소관이라고 말했다. 남편은 그 가건물이 소화전과 바싹 붙어 있기 때문에 불법이라고 했고 주무관은 그것은 소방서 소관이라고 했다. 앞집 남자가 길가에 쌓인 폐전자제품에 대해 말했고 주무관은 자기가 몇 차례 점검을 나가서 지도를 했다고 말했다. 앞집 남자는 주무관이 거짓말을 하고 있다고 생각은 했지만 입 밖으로 그 말을 꺼내지는 않았다. 남편이 쓰레기를 치워야 한다고 말했고 주무관은 쓰레기는 주민 센터 소관이라고 했다. 앞집 남자가 하수도가 없어서 그 여자가 골목에 더러운 물을 그대로 흘려보내고 있다고 했고 주무관은 그건 건설과 소관이라고 말했다. 남편이 그 여자가 주민들의 건강을 위협하고 있다고 했고 주

무관은 그것은 보건행정과 소관이라고 했다. 앞집 남자가
그러면 도대체 누구한테 가면 되냐고 화를 냈다. 주무관은
민원실에다 정식으로 민원을 올리라고 했다.

　남편이 다리를 절룩거리며 걷는, 앞집 남자와 함께 민원
실을 찾아갔을 때 민원 담당자는 주민 5명 이상의 서명을
받아오라고 했다. 간단하게 해결할 수 있을 줄 알았던 문
제가 복잡하게 꼬이는 걸 보고 남편은 대단히 화가 났다.
민원실 벽에는 착한 사람들이 잘 살 수 있는, 골목골목까
지 행복한 지역으로 만들겠습니다, 라는 구청장의 홍보 문
구가 붙어 있었다. "서명을 받는 일도 쉽지 않을 겁니다."
앞집 남자는 골목에 살고 있는 사람들이 여자와 그 여자
의 내연남을 두려워하고 있다고 말했다. 남편은 픽 코웃음
을 치고는 A4 용지에 첫 번째로 자기 이름과 주소와 핸드
폰 번호를 적고 사인을 했다. 투석을 받는 남자가 두 번째
로 자기 이름과 주소와 핸드폰 번호를 적고 사인을 해서는
그 A4 용지를 남편에게 건넸다. 그렇게 해서 그 일이 남편
의 손으로 넘어오게 되었고 남편은 회사일이 바쁘다는 핑
계로 그 일을 다시 혜선에게 넘겼다. "나더러 쓰레기 민원
을 작성하라고? 쓰레기 사진까지 첨부해서?" 그는 단박에
거절을 했다. "그 여자 때문에 부인이 신경 안정제를 먹고

있대." 앞집 남자는 남편에게 자꾸 전화를 했다. 혜선은 여전히 그 일에 무심하려고 애를 쓰고 있었다. "예쁜이 할머니도 그 여자 때문에 아프대." 예쁜이 할머니는 그들이 그 동네에서 살 때 친하게 지낸 이웃이었다. 맞벌이를 하던 그들의 아이들을 살갑게 대해 주었다. 그들이 이사를 할 때 할머니는 아이들이 보고 싶을 거라며 눈물을 글썽였다. "우리 집 아주머니는 괜찮잖아?" 아들과 함께 사는 아주머니는 5년째 그들의 집에서 세입자로 살고 있었다. 그 여자 때문에 혜선이 피해를 입은 건 없었다. "옆집에 젊은 부부가 사는데 그 여자 때문에 아이들이 아프대. 아이 엄마도 아프고." 앞집 남자는 끈덕지게 남편에게 골목에서 일어나고 있는 구슬픈 이야기를 전했고 남편은 혜선에게 주민들을 돕자고 졸랐다.

혜선은 건물 등기부 등본에 나와 있는 주소를 들고 여자가 장사를 하고 있는 상가 주인을 찾아 나섰다. 상가 주인에게 사정을 해 보자고 먼저 제안을 한 것은 남편이었다. 주인은 상가에서 떨어진 외곽 지역 아파트에 살고 있었다. 혜선이 아파트로 찾아갔을 때 집에는 아무도 없었다. 메모지에 간략하게 골목 상황을 밝히고 남편의 이름과 핸드폰 번호를 적어 아파트 관리인에게 맡겨 놓고 돌아왔다. 상가 주인 대신 여자가 남편에게 전화를 했다. 이 새끼야,로 시작된 통화는 한 번 더 까불면 허리를 부러뜨려 버린다, 로 끝났다. 여자의 끔찍하게 살벌한 협박 전화는 이어졌다. 혜선은 살의가 묻어나는 그 여자의 앙칼진 목소리만으로도 섬뜩한 공포를 느꼈다. 그 여자가 골목 주민들을 무너뜨리고 있다는 앞집 남자의 주장은 사실일 것이고, 그가 남편에게 전한 주민들의 상태는 과장이 아니라 어쩌면 최소한의 표현이었을지 모르겠다는 생각이 들었다. 그러나 혜선은 추악한 것들이 지니고 있는 파괴력에 대해 생각했고 쓰레기를 마주할 자신이 없다고 판단했다. 그 일은 없었던 일로 하겠어, 혜선은 남편에게 선언했다.

투석을 받는 앞집 남자에게서 전화가 걸려왔을 때 남편은 잠깐 기다려 보세요, 하고는 자기 핸드폰을 혜선의 귀에 갖다 대었다. 베란다에서 빨래를 널고 있던 혜선은 영문도 모른 채 전화를 받아야 했고 전화기 속에서 투석을 받는 남자는 주민들을 도와달라고 애절하게 말했다. 자기가 조금만 건강해도 어떻게 해 보겠는데 이틀에 한 번씩 투석을 받아야 하고 며칠씩 병원에 입원을 한다고 했다. 엉겁결에 아, 네, 아 네, 하던 혜선에게 남자는 그럼, 잘 부탁드리겠습니다, 사모님, 하고는 전화를 끊었다. 혜선은 남편에게 대단히 화를 냈지만 하는 수 없이 컴퓨터 앞에 앉아 민원을 작성하기 시작했다. 그 여자가 나타나기 전에는 조용하게 살았던 골목 주민들이 온갖 쓰레기들로 고통을 받고 있다고, 그 여자의 악담과 욕설로 주민들이 병들고 있다고 적었다. 그리고 그는 여자 몰래 쓰레기 사진을 찍었던 것이다.

쓰레기 사진을 첨부한 탄원서를 들고 주민들의 서명을 받으러 그 동네로 간 날은 일요일이었다. 그들의 아이들이 어린 시절을 지냈던 동네는 세월만큼 낡은 데다 방치된 폐가들이 마을 분위기를 한층 을씨년스럽게 만들고 있었다. 일요일이라 약국과 철물점과 식당들은 문을 닫았다. 아예 공실로 내버려 둔 상가들도 눈에 띄었다. 그러나 여자는 가게 문을 열어 놓고 천막 주변으로 좌판까지 벌이고 있었다. 할 일 없는 노인들과 남자들이 여자의 가게 앞에 늘어 놓은 의자에 앉아 노닥거리고 있었고, 여자는 심심한 여자들과 골목 입구를 막고 쪽파를 다듬고 있었다. 그들이 골목 안으로 들어서려 했으므로 여자들은 자리에서 일어서야 했다.

그 여자가 골목으로 들어서는 그들을 노려보았다. 여자는 체구가 작고 동그란 얼굴에 빨간 스카프로 머리를 감싸고 있었다. 여자의 검붉은 눈빛이 남편의 얼굴 앞에서 날카롭게 빛났다. 몇 달 전 가스보일러 교체로 골목을 드나들었던 남편을 여자는 기억하고 있었다. 이 새끼야, 로 시작되는 여자의 익숙한 호출에 남편은 주먹으로 대응하려고 했고, 그 순간 혜선의 입에서는 안 돼, 하는 소리가 튀어나왔다. 혜선이 내지른 외마디 비명과도 같은 소리에 놀란 남편이 움찔 뒤로 물러섰다. 남편은 휘둥그레진 눈으로 혜선의 얼굴을 살폈다. 투석을 받는 앞집 남자의 부인과 통화를 해둔 것은 정말 잘한 일이었다. "그 여자에게 가까이 가면 안 돼요. 부딪치지도 않았는데 자기 혼자 넘어지고 돈 달라고 하는 여자예요. 평생 먹고 살 거 뜯어내려고 할 걸요." 부인의 경고가 없었더라면, 그리고 그가 동행하지 않고 남편이 혼자 오게 놔두었더라면 어떤 일이 벌어졌을까, 하는 생각에 서늘한 기운이 혜선의 등줄기를 타고 흘러내렸다. 앞집 부인은 여자의 가게 주변을 맴도는 사람들을 정신 나간 인간들이라고 불렀는데 그 정신 나간 남자와 여자들이 그 여자 편을 들었을 테고 남편은 꼼짝없이 여자에게 걸려들었을 것이다. 그들은 가던 길을 되돌아 나왔다. 그들의 등 뒤에서 여자는 삿대질을 하며 욕설을 퍼부었고 정신 나간 남자와 여자들은 낄낄거렸다.

혜선은 그 일을 하지 않겠다고 남편에게 말했다. 여자의 모습이 머리에서 지워지지 않았다. "너무 끔찍해." 여자의 욕설뿐만 아니라 구경꾼들의 웃음소리까지 무서웠다. 남편은 그 골목에서 민원을 작성할 수 있는 사람이 그들뿐이며 봉사활동을 하는 셈 치자고 그를 달랬다. "그 여자가 지랄을 하는 바람에 골목으로 들어오지도 못하셨다고요?" 앞집 부인이 그에게 전화를 했다. 앞집 부인은 그 여자에 대해 길게 이야기했다. 그 여자는 길 건너 시장 골목에서 보신탕집을 하다가 인근 식당 상인들로부터 쫓겨났고, 전에는 어디서 그랬고, 그전에는 어디서 술집을 하다가 쫓겨났는데 거기서 지금의 남자를 만나 살림을 차렸다고 했다. 길 건너에서 보신탕집을 할 때 그 여자와 싸우다 이사를 간 집이 있었는데 그 집 차바퀴에 그 여자와 남자가 여러 차례 구멍을 냈다고 했다. "그 여자와 싸우다, 싸우다 피해자가 도망을 갔다고요?" 혜선이 반문을 하자 앞집 부인은 "우리 동네에서도 그런 일이 일어났어요." 하고 대답했다. 바로 천막 건너편 집도 그 여자 때문에 집을 싸게 팔고 얼마 전에 이사를 갔다고 했다. 새로 이사 온 사람은 진돗개를 기르는 사람인데 마당 있는 집이 필요해서 왔고 큰 화분으로 그 여자를 차단하고 살아간다고 했다. 가뜩이나 좁아진 골목 한 편을 대형 화분들이 차지하고 늘어서 있던 이유가 그것이었다. "상가 주인이 그 여자를 쫓아내는 게 제일로 간단한데. 다 무너져가는 상가에 누가 들어오겠어요. 자기는 세만 나오면 되니까. 주인도 똑같은 놈이라서." 앞집 부인은 후렴구처럼 그 말을 반복했다.

가게는 저녁 8시쯤 문을 닫는다고 했다. 그들이 시간을 맞춰 다시 찾아갔을 때 여자의 가게에는 아직 불빛이 환했고 가건물 앞에 드리운 전등에도 불이 켜져 있었다. 가게에서 멀리 떨어진 곳에 승용차를 세우고 불 꺼진 승용차 안에서 탐정처럼 가게를 살폈다. 9시가 가까워졌을 때 남자의 트럭이 가게 앞에 나타났다. 남자가 트럭에서 무언가를 한참 내리고 가게 문을 닫고 천막을 내리자 불이 꺼졌다. 여자가 남자의 트럭에 올라타고 트럭이 길에서 사라졌을 때 그들은 가게를 지나 골목으로 들어섰다. 썩은 채소와 과일이 가건물 뒤에 그대로 널려 있었다. 음식물 썩는 냄새가 자욱하게 퍼져 있는 골목 입구를 그들은 재빨리 지나쳤다. 그들의 집은 골목 중간에 있었다. 세입자 아주머니는 집에 없었고 아주머니의 아들이 나와서 서명지에 이름을 적고 들어갔다. "아직 안 잘 거야. 전기세 아끼려고 꺼놓은 거지." 앞집 부인이 불 꺼진 집까지 대문을 두드렸다. 사람들이 골목으로 쏟아져 나왔다. 빨간 벽돌집 예쁜이 할머니가 그들을 알아보고 반가워했다. "우리 집 담벼락 밑에다 고추를 말렸어. 대문까지 막아 놓았더라니까. 사람 걸어 다닐 자리는 만들어 놔야 하지 않냐고 했더니 날더러 알아서 걸어 다니래. 못됐어. 아주 못됐어." 세월만큼 늙어버린 할머니는 주저앉으면 그대로 땅으로 스며들 것처럼 보였다. "걱정하지 마세요. 제가 꼭 쫓아버릴게요." 할머니는 남편의 손을 그러쥐었다. 골목 사람들은 골목길 바닥에 펼쳐 놓은 서명지에 차례로 주소와 이름을 적었다. 투명 파일을 깔았지만 울퉁불퉁한 시멘트 바닥 위에서 글씨들이 춤을 추었다. 아직 저녁 바람이 쌀쌀했다. 서명을 마치고도 보안등 불빛 아래 모인 주민들은 자리를 뜨지 않았다. 너도 나도 그 여자 때문에 신경성 약을 먹고 있다고 실토했다. 남편은 우선 구청에 민원을 제출하고 여차하면 청와대까지 민원을 올리겠다고 호언을 했다. 거창하게 시작을 해 놓고는 끝맺음을 하지 못하는 남편의 성격이 잠깐 걱정이 되기는 했지만 혜선은 남편을 제지하지 않았다.

이 새끼야, 로 시작되는 여자의 핸드폰 속 요란한 악다구니가 다시 시작된 것은 구청에 민원을 제출하고 열흘쯤 지나서였다. 구청 주무관은 남편의 전화를 받지 않았다. 세입자 아주머니로부터 전화가 걸려왔다. 전화기 속 다급한 목소리가 상황의 급박함을 알려 주고 있었다. "민원을 냈다고 야단이네요. 무고죄로 고발을 해서 징역을 살게 한대요. 주인 불러내라고 대문을 두드리고 난리도 아니에요." 혜선이 주무관 번호로 전화를 했다. 연거푸 전화했더니 잠깐 자리를 비우셨어요, 하면서 여자가 받았다. "이 번호를 어떻게 알게 되셨는지 모르겠지만 개인 전화라서 함부로 걸면 안 됩니다." 여자는 도시과에 용무가 있으면 공용폰 번호를 찍어 줄 테니까 그 번호로 연락을 해 달라고 했다. 그가 일러준 공용폰 번호로 전화를 했다. 신호는 가는데 전화를 받는 사람은 없었다. 혜선은 공무원들에게 대단히 화가 났다. 혜선은 여자 때문이 아니라 공무원들 때문에 그 일의 끝을 보고 싶을 지경이었다. 혜선이 구청으로 달려갔을 때 주무관의 핸드폰을 대신 받았던 여자 공무원이 구청에서도 힘을 쓰겠지만 주민 센터 청소 담당자를 찾아가면 좋을 거라고 말했다. "그냥 가지 마시고 반드시 통장님을 모시고 가세요." 여자는 대단히 중요한 기밀이라도 알려 주는 것처럼 상냥하게 말했다.

여자 공무원이 일러준 대로 혜선이 통장 집으로 찾아갔을 때 통장은 이튿날 오전에 주민 센터에 같이 가보자고 흔쾌히 승낙을 했다. "진작 나섰어야 했어. 그 간악한 연놈이 노인들만 산다고 얕잡아 보고, 세 산다고 무시하고, 인간이 아니지." 퉁퉁한 중년의 아주머니는 여간 수다스럽지 않았다. 그에게 붙잡혀 재개발을 질질 끄는 바람에 마을에 발전이 없다는 얘기를 반 시간 넘게 듣고 나서야 풀려났다. 다음날 이른 아침부터 전화가 울렸다. "나 주민 센터 못 가요. 그런 줄 알아요. 바쁘니까 찾아오지 말아요." 통장은 호통을 치고는 일방적으로 전화를 끊어버렸다. 골치 아픈 일에 끼어들지 않기로 단단히 작정을 한 것 같았다. 그를 이용하려 했던 것도 아니고 단지 구청 여자 공무원의 지시를 따른 것뿐이었다고 따지려다 그만두었다. 그렇게 이른 시각에 전화를 한 것을 보면 그도 밤새 뒤척이다 내린 결정이었을 것이다. 통장 입장에서는 자신의 집에서 멀리 떨어져 있는 여자가 문제 될 게 없었다. 통장에게는 주민 센터에 동행해 달라고 하는 혜선이 그 여자보다 더 위험하고 싫은 사람일 것이다. 공무원들에게도 자신들과 아무 관련이 없는 그 여자는 그다지 나쁜 사람이 아닐 것이다. 민원을 내서 자신들을 귀찮게 하는 이들이 나쁜 사람으로 보일 것이다.

남편은 출근을 해야 했으므로 혜선은 아무도 반기지 않을 주민 센터로 혼자 들어섰다. 주민 센터는 조용했다. 초본이나 등본을 떼러 왔을 것으로 보이는 주민이 둘 앉아 있었다. "쓰레기 담당자를 만나러 왔는데요." 그는 자신의 목소리가 지나치게 크게 나왔다고 생각했다. 컴퓨터를 응시하고 있던 직원들이 일제히 고개를 들고 그를 바라보았다. "이쪽입니다." 중간쯤에 앉은 남자가 손짓을 했다. 갓발령을 받은 것처럼 보이는 앳된 얼굴이었다. 남자는 혜선이 내민 민원서류를 찬찬히 훑어보고는 첨부 사진을 들여다보았다. "어떻게 이런 일이 있을 수 있지요?" 그는 진심으로 놀라는 눈치였다. 구청 공무원들에게 지쳐 있었던 혜선은 남자의 진지한 태도에 공무원들에 대한 적개심이 적잖이 누그러졌다. 그는 잠깐 기다리라고 하고는 동장실로 들어갔다. 남자의 안내로 마주하게 된 동장은 인사를 하는 혜선에게 경계부터 했다. 그러나 혜선은 구청 공무원들의 능란한 처세에 지쳐 있었으므로 동장과의 면담이 무척 고맙게 느껴졌다. 늙은 동장은 민원인을 도우려는 나이 어린 공무원의 순진함과 주민 센터까지 찾아온 그의 정의감을 이해하고 있는 듯했다. "구청에서 이리로 보냈군요. 우리에게 무슨 권한이 있다고." 짧게 한숨을 쉰 동장은 구청과 협의를 해서 잘 처리하겠다고 말했다.

혜선은 동장까지 나섰으므로 일이 쉽게 해결될 줄 알았다. 민원을 제출하고 동장을 만나느라 고생을 했지만 고통받는 주민들을 위해 좋은 일을 했다는 뿌듯한 자부심을 느꼈다. 비록 쓰레기 사진이긴 해도 사진 덕도 톡톡히 보았을 것이다. 사진을 찍고 편집하는 일을 배워 둔 것이 쓸모가 있었다고 생각했다. 그러나 세입자 아주머니로부터 전화를 받고 그는 나락으로 떨어지는 기분을 느꼈다. "타다 만 종이 뭉치하고 까맣게 그을린 박스가 날마다 대문 앞에 있는 거예요. 집에다 불을 질러 버리겠다고 악을 쓰더니 정말 이런 짓을 하네요." 아주머니는 이사를 가겠다고 말했다. "이 새끼야, 내가 영원히 집세 못 받아먹게 만들어 버릴 거야." 했던 전화기 속 여자의 말이 떠올랐다. 그 여자를 경찰에 고발한다고 해서 그들이 얻을 건 없다고 생각했다. 투석을 받고 있는 앞집 남자도 경찰서에 가서 반나절을 허비했지만 감정만 더 상했다고 했다. "그리고 구청에서 편지가 왔어요. 편지함에 있으니까 와서 가져가세요." 세입자 아주머니는 한숨을 쉬고는 그 여자는 투명 인간 취급을 해야 했는데 왜 긁어 부스럼을 만들었는지 나무람이 섞인 원망을 쏟아내고는 전화를 끊었다.

혜선은 구청에서 보냈다는 편지를 찾으러 늦은 밤 골목으로 들어갔다. 여자의 가게와 천막엔 불이 꺼졌지만 새로 들여온 폐가전제품들이 가게 앞 차도까지 침범했다. 여자의 가게는 내연남의 중고품 판매 매장을 겸하고 있었다. 남자의 물품 때문에 차량 통행 문제로 자주 실랑이가 일어난다고 했다. 그러나 이웃 상인들은 여자의 보복이 두려워서 이내 입을 다물어 버린다고 했다. 구청에서 보냈다는 편지는 머리를 박고 거꾸로 처박혀 버둥거리고 있는 것처럼 편지함에 꽂혀 있었다. 그것은 구청에서 발송한 민원 답변서였다. 혜선은 골목 안에 있는 보안등 불빛 아래서 답변서를 펼쳤다. 주민들이 모여서 서명을 했던 그 자리였다. 진정민원에 따른 관련부서 검토 의견 회신, 이라는 긴 제목 아래 짧은 답변 글이 있었다. "도로 적치물에 담당자가 출장하여 확인한 결과 쓰레기로 보이는 품목은 없었습니다. 상행위에 사용되는 물품들이 정리되지 않은 상태로 적치되어있어 5월 3일까지 정비 후 유지해 줄 것을 요청하였고 5월 4일 정리된 것을 확인하였습니다. 끝." 끝이라는 글자로 끝난 서류 아래에 '착한 사람들이 잘 살 수 있는, 골목골목까지 행복한 지역으로 만들겠습니다.'라는 구청장의 홍보 문구가 붙어 있었다. 답변서를 잡은 혜선의 손이 마구 떨렸다.

혜선은 괴한에게 쫓기는 사람처럼 다급하게 앞집 대문을 두드렸다. 마당에 불이 켜지고 대문 창살 사이로 그를 발견한 부부가 허겁지겁 문을 열었다. 그는 투석을 받는 남자 앞으로 답변서를 내밀었다. 이 새끼들, 남자의 입에서 거센 욕설이 튀어나왔다. 부인이 남편의 손에 든 답변서를 낚아채듯 빼앗았다. 답변서를 살핀 부인이 "쓰레기가 아니라고?" 부인이 발작적으로 고함을 질렀고 골목 사람들이 뛰어나오는 소리가 들렸다. 혜선은 예상치 못한 부인의 반응에 놀라서 멀찍이 물러서서 멀뚱히 서 있었다. 병든 그들 부부에게 그 답변서를 보여주는 게 아니었다는 뒤늦은 후회가 밀려왔다. 답변서는 골목 사람들 손으로 넘어갔다. 공무원들을 비난하는 말들이 장대비처럼 쏟아지는 속에서 투석을 받는 남자가 쓰러졌고 좁은 골목으로 구급대원들이 달려왔다.

혜선이 민원 답변서를 들고 집으로 돌아온 것은 자정을 넘긴 시각이었다. "정비 후 유지해 줄 것을 요청했다고?

주민들은 그 쓰레기를 치워달라고 했는데? 공무원들이 왜 유지해 줄 것을 요청해?" 답변서를 본 남편은 화를 주체하지 못하고 펄펄 뛰었다. "주민들 편에 서면 자기들이 움직여야 하니까. 가해자를 옹호해야 자기들이 할 일이 없어지잖아." 혜선이 남편을 달랬지만 남편은 영 잠을 이루지 못했다. 남편은 시청으로 환경부로 청와대로 뛰어다니며 민원을 내겠다고 오기를 부렸다. 공무원들은 똑같은 내용의 서류 답변서를 전달하는 것으로 민원을 처리할 것이다. 그것은 불 보듯 뻔한 일이었다. 혜선은 그 일에서 완전히 손을 떼겠다고 선언했다. 그러나 혜선에게는 공무원들이 보낸 민원 답변서처럼 끝, 이라는 단어로 간단하게 그 사건이 종료되지는 않았다.

세입자 아주머니는 이사를 했고, 혜선의 집은 빈집이 되었다. "다시는 세를 못 받아먹게 하겠다고 지껄이고 다닌다는데. 그 연놈을 이길 만한 사람을 구하든지 세를 싸게 놓든지 해야 할 거예요." 아주머니는 자기는 무사히 이사했지만 주인이 걱정이 되어서 전화를 했다고 말했다. 아주머니는 그들을 이길 사람이 아마 없을 것이라는 충고도 잊지 않았다. 혜선은 인터넷으로 집을 내놓았다. 마당 넓어

212

요, 애완동물 가능합니다, 라는 항목을 첫 번째로 써넣었다. 사진을 첨부해서 올리자마자 집을 보러 오겠다는 사람들로부터 연락이 왔다. 그는 가까이 있는 부동산 사무소에 중개를 의뢰했다. "그 여자를 감당할 수 있어야 해요." 그는 중개인에게 당부했다.

"어디나 그런 사람 있어요." 부동산 사무실에서 마주한 아주머니는 호탕하게 웃었다. 내후년이면 나이가 일흔이라는 아주머니는 거칠게 없는 사람처럼 보였다. "어디에도 없는 사람일 걸요." 혜선은 걱정스러운 눈으로 아주머니를 바라보았다. 아주머니는 세 마리의 강아지를 키우고 있다고 했다. "유기견을 데려다 키우기 시작했어요." 아주머니는 더 이상 강아지 수를 늘리지는 않겠다고 약속했다. "나한테는 그놈들이 자식처럼 소중해. 자식을 위해서 못할 거 없이 살아왔는데 그까짓 거 더한 것도 할 수 있어요." 아주머니는 여자를 상대하는 것쯤은 별일 아니라고 말했다. "별일이 아닐 지도 몰라요." 혜선은 아주머니에게 여자의 위험성을 거듭 확인시켜 주었다. "어쩌면 유기견 같은 인간인지도 모르지. 상처가 많은 개는 사람이 다가가면 으르렁거리면서 물려고 해요. 그 사람도 상처가 마음속에 쓰레기처럼 쌓여서 쓰레기 속에 파묻혀서 사는 거야. 제 정신이 아닌 거지." 아주머니는 대수롭지 않다는 듯 말했고 혜선은 여전히 걱정이 앞섰다.

부동산 사무소 젊은 여직원이 대화에 끼어들었다. "그런 사람들 있대요. 소시오패스요. 그런 사람들은 양심이 작동하지 않는대요. 자기가 손해를 보면 꼭 복수를 하고 나쁜 소문을 내고 다녀서 당할 사람이 없대요. 그런 사람은 무조건 피해야 한대요." 그 여직원은 중개인의 딸이었다. 중개인이 쓸데없는 소리를 하지 말라고 딸을 제지했다. "따님이 아주 똑똑하네. 유기견은 바뀔 희망이라도 있지만 인간은 잘 안 바뀌지. 어쩌겠어. 맹견처럼 나대면 내가 피해야지." 아주머니는 다시 호쾌한 웃음을 날렸다.

아주머니는 혜선이 머뭇거리는 것이 강아지가 많아서 그런 거라고 오해를 했다. 개를 여러 마리 기른다고 하면 집을 안 빌려주려 한다는 것이었다. "우리 애기들이 얼마나 예쁜지 몰라. 이거 보셔." 아주머니는 핸드폰 사진을 꺼내서 혜선에게 내밀었다. 하얀 강아지를 가운데 두고 양옆으로 바둑강아지가 분홍 이불 위에 나란히 앉아 있었다. "아, 정말 예쁘네요." 사진을 보며 밝게 웃고 있는 혜선에게 아주머니는 핸드폰 갤러리를 열어 본격적으로 강아지들 사진을 펼쳐 보였다. "요놈들이 내 근심 걱정을 물리쳐

준다니까." 아주머니는 강아지들이 주는 행복을 장황하게
설명했다. "알고 보면 그 못된 여자도 무슨 사정이 있을 거
야. 사는 게 힘들어서 망가진 거지 뭐. 사는 게 어디 쉽나.
그렇지만 나는 망가지지 않았어. 자식도 있고 지금은 자식
보다 더 예쁜 얘들이 있거든." 혜선도 사는 게 쉽지 않았지
만 어두운 것들에 묻히지 않았다고, 살갑게 구는 아주머니
에게 자랑삼아 떠벌이고 싶었다. 아주머니는 장판과 도배
를 새로 해 달라고 했다. 여자와 엮이지 않을 것이고 집은
깔끔하게 관리할 테니까 걱정하지 말라고 했다. 그 아주머
니로부터 계약금을 받고 중개인 사무소를 나오면서 혜선
은 그를 짓눌렀던 끔찍한 상황에서 벗어났다는 안도감을
느꼈다. 유기견들과 행복하게 산다는 아주머니에게 집을
맡기는 것으로 사건은 마무리되었다고 생각했다.

　도배 업자로부터 일을 마쳤다는 연락을 받았을 때 다시
그 골목으로 들어서야 한다는 게 꺼림칙하기는 했지만 현
관문 비밀번호를 바꿀 겸 집 정리를 하기 위해 혜선은 옛
집으로 향했다. 혜선은 골목으로 다가가기 전에 약국 앞에
서 건너편 그 여자의 가게를 조심스럽게 살폈다. 여자가
없는 틈을 타서 골목으로 들어서야 했다. 여자는 보이지

않고 노인들만 가게 앞에 모여 있었다. 혜선이 가게 앞을 지나갈 때 여자가 마치 숨어서 그가 나타나기를 기다리기라도 한 것처럼 불쑥 나타났다. "너네는 쓰레기가 없냐?" 여자가 코앞에서 삿대질을 했다. 도망치듯 골목으로 들어서는 그를 여자는 욕을 하며 따라붙었다. 가방 안에 넣어둔 대문 열쇠가 보이지 않았다. 지갑 속에도 없었다. 허둥거리며 가방을 뒤지는 그에게 여자는 욕설을 그치지 않았고 어느새 남자까지 달라붙었다. 열쇠는 가방 바닥에 떨어져 있었다. 겨우 열쇠 구멍을 맞춰서 대문을 열고 들어서는 그를 밀치고 여자와 남자가 그의 집으로 발을 들였다. "여기 봐. 마당에 쓰레기가 가득 찼네. 자기네도 이렇게 해놓고 뭐, 쓰레기를 치워달라고." 여자의 손가락이 그의 눈앞까지 다가왔다. 저절로 뒷걸음이 처졌다. 도배 업자가 방바닥에서 걷어낸 장판지를 그대로 두고 갔다. "뭐 벌레가 들끓는다고? 너네는 벌레가 없냐? 여기 봐. 파리가 날잖아." 남자의 붉은 눈과 혀가 혜선의 얼굴을 향해 달려들었다. 남자의 붉은 손바닥이 몇 번 혜선의 얼굴로 다가왔다가 멀어졌다.

그들은 물러갔고 혜선은 그제야 대문을 닫았다. 구청 공용폰으로 전화를 했다. 신호는 가는데 받지 않았다. 핸드폰에 저장된 주무관 번호로 전화를 했다. 역시 받지 않았다. 수신 거부를 설정했을 것이다. 주민 센터에 전화를 하려다 그만두었다. 공무원들에게 그 일은 이미 끝, 이라는 글자로 종료된 사건이었다. 당장 마당에 버려진 곰팡이 핀 장판을 어떻게 처리해야 할지 생각을 하고 있는데 초인종이 울렸다. 대문 밖에 초로의 남자가 서 있었다. 막다른 집에 살고 있다고 했다. "경찰을 부를까요?" 그가 골목 입구, 여자의 천막을 곁눈질하며 물었다. 혜선은 고개를 저었다. 남자는 자기도 이사 오는 날부터 여자와 크게 싸웠다고 했다. 골목 사람들이 몇인데 여자 하나 이길 수 없다는 게 말이 되냐며 남자가 한숨을 쉬고 있는데, 야, 이 새끼야, 여자의 고함이 들렸다. 또 시작이다, 그 말과 함께 남자는 바람처럼 사라졌다. 남자는 도망을 치면서도 혜선을 위해서 대문을 닫는 걸 잊지 않았다. 여자는 대문 밖에서 고래고래 악을 썼다.

혜선은 집안으로 들어서서 현관문을 잠그고 숨을 죽였다. 여자의 음성이 낱낱이 들렸다. 그는 예전에 서재로 썼던 끝 방으로 들어가서 방문을 닫고 등을 돌리고 서 있었다. 그 방에서의 옛 추억이 떠올라 가슴이 아렸다. 그 방에서도 여자의 목소리가 들렸다. 앞집 남자와 부인은 약을 먹고 있을까? 골목 사람들은 저 여자의 목소리를 어떻게 막아내고 있을까? 그런 생각들을 하다가 혜선은 그들 모두를 머리에서 지우기로 다짐했다. 여자는 골목이 떠나가라 여전히 소리를 지르고 있었다. 저주에 찬 여자의 욕설은 언제 끝이 날까? 분명한 것은 여자가 가게 문을 닫는 시각까지 혜선은 꼼짝없이 집안에 갇혀 있어야 한다는 것이었다. 사진 교실 강사는 사진을 잘 찍는 것보다 못 찍지 않는 게 훨씬 중요하다고 말했다. 못 찍지 않기 위해서는 찍지 말아야 할 것이 무엇인지 알아야 한다고 했다. 찍지 말아야 할 첫 번째 대상이 쓰레기라고 했다. 혜선은 다시는 쓰레기를 피사체로 삼는 어리석은 짓은 하지 않으리라 단단히 결심을 했다.

망가진 핸드폰

희숙은 전자회사 서비스센터 의자에 앉아 멍하니 텔레비전을 보고 있었다. 수리 기사에게 핸드폰을 맡기고 호출을 기다리고 있는 중이었다. "선생님, 안녕하세요." 긴 파마머리에 민소매 원피스 차림을 한 젊은 여자였다. 희숙에게는 그에 대한 기억이 없었다. 희숙의 표정에서 여자도 그 사실을 눈치챈 것 같았다. 기억이 나지 않더라도 얼른 아는 체를 했어야 하는데 미안했다. 희숙은 뒤늦게 고개를 까닥하며 웃어 주었다. 희숙의 기억을 돕기라도 하려는 듯 그가 얼른 자기소개를 했다. "선생님 정년퇴임한 학교에서요." 여전히 그가 누구인지 생각이 나지 않았지만 희숙은 반갑게 인사를 했다. "아, 여기는 무슨 일로 오셨어요?"

핸드폰을 바다에 빠뜨려서 가져오기는 했는데 걱정이라고 했다. "바닷물이라면 힘들겠네요." 희숙도 주머니에 핸드폰을 넣은 채 바다로 걸어 들어갔다가 낭패를 당한 적이 있었다. 여자가 고개를 끄덕이는데 희숙은 이름이 불려 창구로 달려갔다. 수리 기사는 핸드폰 수명이 다한 것 같다고 배터리를 갈아도 소용이 없을 거라고 말했다. 그렇겠네요, 희숙은 짤막하게 대꾸를 하고 기사가 내민 핸드폰을 집어 들었다. 그만하면 오래 그의 손에 머물렀던 물건이었다. 버리는 것에 익숙해져야 할 나이였다. 희숙은 아직 기억이 나지 않는 여자에게 다가가 일을 잘 보라며 작별 인사를 했다.

출입문을 열고 거리로 나서자 한여름 오후의 열기가 훅 끼쳐왔다. 핸드폰을 새로 개통하려면 서둘러야 했다. 단골 핸드폰 매장으로 가기 위해 정류장을 향해 부지런히 걸었다. 서비스센터에서 만났던 젊은 여자는 까맣게 잊고 있었다. 도착 알림판에 3분 뒤라고 숫자가 떠 있는 버스를 기다리면서도 희숙은 한길 쪽으로 고개를 길게 빼고 초조해했다. 버스에 올라타고 의자에 앉아 한숨 돌리고 났을 때였다. 영상처럼 그 여자의 모습이 선명하게 떠오르고 그가 누구인지 비로소 생각이 나는 것이었다. 자기 반 아이를 데리고 학생과 교무실을 찾던 그 선생, 이수진 선생이었다. 아차 싶어 버스에서 내리려고 엉거주춤 일어서다가 희숙은 다시 주저앉았다. 이수진 선생은 벌써 서비스센터를 떠났을 것이다. 설령 아직 서비스센터에 있더라도 그와 이야기를 나눌 시간을 내기 어려울 게 뻔했다. 데이터를 복구하기 위해 전문 업체를 급히 찾아가야 할지도 모를 일이었다. 서비스센터를 나서기 전에, 아니면 버스에 오르기 전에라도 그에 대한 기억이 떠올랐더라면 그에게 물을 것이 많았다. 그 아이는 어떻게 되었는지, 대학은 갔는지, 그리고 김 선생은 잘 지내고 있는지, 무엇보다 교감은 그가 떠난 뒤에도 여전했는지 알고 싶었다.

이수진 선생이 정년퇴임이라고 말했지만 희숙은 그 학교에서 명예퇴직을 했다. 정년퇴직과 명예퇴직은 다른 것이긴 해도 이수진 선생에게는 굳이 구별을 할 필요가 없는 것이었다. 희숙이 정년퇴임할 나이까지는 아니었다고, 그보다는 젊었었다고 주장을 해도 그에게 희숙은 변함없이 나이 많은 선생으로 비칠 것이다. 이수진 선생은 그 학교가 초임 발령이라고 했다. 희숙에게도 그런 시기가 있었는데 별로 오래전처럼 생각되지 않았다. 그러나 이수진 선생에게는 희숙이 아주 옛날 사람처럼 보일 것이다. 인생이

222

얼마나 짧은지 이수진 선생은 아직 알 수 없는 나이였다. 희숙에게는 엊그제 같은 시간이 이수진 선생에게는 아득히 길게 느껴질 것이다.

그 학교는 희숙이 근무한 8개의 학교 중에서 마지막 학교였다. 한 학교에서 5년씩 근무하게 되어있지만 수업 시수 조절이나 여러 이유 때문에 그보다 짧게 근무를 한 학교도 있었다. 원래 그는 7번째 학교에서 직장생활을 마무리하려고 했다. 그런데 마침 그해 명예퇴직 신청자가 몰리는 바람에 뜻을 이루지 못했다. 하는 수 없이 전근을 간 학교가 그 학교였고 그곳에서 1년을 근무하고 퇴직을 했다. 그 학교로의 전근은 뜻밖이었다. 공업고등학교로 전보 신청을 했는데 인문계 학교로 발령을 받은 것이었다. "교육청에 항의하세요." 지원하지 않은 곳으로 발령이 난 선생들이 그렇게 하고 있다고 했다. "이미 결정이 난 걸 항의해서 뭐하겠어요?" 하고 말하면서도 희숙 역시 나이 많은 사람을 인문계로 발령을 낸 교육청에 화가 나는 것이었다. "괜찮으시겠어요?" 동료들은 그가 여간 걱정이 되는 게 아닌 모양이었다. 내리 실업계 고등학교에서만 근무를 한 그가 늦은 나이에 인문계 고등학교에서 입시 교육을 감당할 수 있을지 염려스러웠을 것이다. 그와 가까이 지냈던 선생이 "걱정들 안 하셔도 됩니다. 박 선생님은 어디를 가셔도 괜찮을 분입니다." 하고 말해 주었다. 희숙이 손에서 책을 놓지 않는다는 것을 알고 있기 때문에 그런 말을 했을 것이다.

첫 출근을 하는 날 그는 일찍 집을 나섰다. 마지막 직장이 될 그 학교에서 희숙의 목표는 조용히 임기를 마치는 것이었다. 그러나 밤잠을 설치는 바람에 머리가 묵직했다. 긴 세월 학교에 있었지만 새 학교에 대한 두려움을 극복하지는 못했다. 학교가 바뀔 때면 며칠씩 잠을 이루지 못하는 선생들도 있다고 했다. 희숙은 그래도 그 정도는 아니라고 스스로를 위로하면서도 초조하고 불안한 마음을 가라앉힐 수가 없었다. 큰 트럭들이 줄을 지어 달리는 데다 지하철 공사까지 하느라 길은 몹시 혼잡하고 소란스러웠다. 서두르지 않았더라면 마냥 조급했을 출근길이었다. 그 학교는 도살장과 크고 작은 공장들과 창고들이 늘어선 음산하고 삭막한 거리 가운데 있었다. 학교가 아니었다면 희숙이 결코 근방을 지날 일이 없을 그런 지역이었다.

그동안 그가 거쳐 온 7개의 학교는 그 시간을 떠올리는 것만으로도 고통스러운 곳이 되어버렸다. 어느 학교에나 몇 개의 나쁜 기억이 책갈피처럼 끼어 있어서 나머지 기억들마저 시커멓게 물들어 버린 때문이었다. 7개의 망가진 학교라니, 희숙은 새 학교에서는 어떤 과오나 실수 없이 아름답게 퇴장하리라는 야무진 계획을 세웠다. 학생들과의 실랑이며 동료들과의 다툼 같은 것들을 침착하고 여유 있게 해결해 나가리라 결심했다. 푸르른 젊은 날에 시작한 학교에서 보낸 세월이 얼마인데 부끄러움 없이 추억할 수 있는 학교를 하나라도 지녀야 하지 않겠는가, 하는 생각이 들었던 것이다. 7개의 학교를 거치는 동안 그는 얼마나 자주 울분을 느끼면서 학교 현장을 소재로 보고서나 논문을 쓰고 싶었는지, 때로는 교육부 장관이 되어 학교를 개혁하고 싶었는지 모른다. 그러나 장관은커녕 교장도 되지 못한 그에게 이제 남은 꿈은 소박했다. 누구와도 부딪치지 않고 지내다가 살며시 교단을 떠나는 것이었다.

강당에서 열린 입학식 겸 개학식에서 교감이 새로 부임한 선생들을 소개했다. 교감은 여자였다. 식을 진행하는 교무부장도 여자였다. 교감과 교무부장이 외모뿐 아니라 목소리도 비슷했다. 교감은 마이크 앞에 서고 전근을 온 선생들은 교감 뒤편으로 나란히 정렬해 있었다. 교감이 호명

하면 당사자는 몇 걸음 앞으로 나와서 고개를 숙여 경례를 했다. 젊은 남자 선생이 불려나왔을 때 여학생들이 떠들썩하니 환호했다. 남학생들의 목소리는 들리지 않았다. 고함을 지르는 여학생들 옆에서 남학생들은 벙어리처럼 침묵했다. 교감이 어느 학교에서 오신 누구라고 희숙을 소개할 때 하하, 여학생들의 웃음소리가 터져 나왔다. 남자아이들은 삐쭉 고개를 들고 단상을 잠깐 주시하다가 금방 고개를 거두었다. 그의 전임 학교는 깡패 학교로 악명이 높은 남자 공업고등학교였다. 희숙은 앞으로 나서지 않았다. 그가 꼼짝 않고 무리 속에 서 있다는 사실을 알 리 없는 교감은 다음 선생을 소개했다.

희숙이 수업에 들어가는 학급은 여학생반도 있고 남학생반도 있었다. 남학교에서 오래 근무했으므로 남학생도 괜찮다고 했는데 그 학교에서 몇 년 근무한 선생들이 남학생들은 아무래도 힘들 거라면서 여학생반을 넣어 주었다. 과연 여학생들은 학년이 끝나는 날까지 수업에 집중했는데 남학생 교실은 학년 시작 한 달도 안 되어 무너져 내리기 시작했다. 남학생들은 교실에 머무는 것조차 힘들어했다. 의자에 앉아 있을 때도 정신은 밖으로 나간 것처럼 보였다. "애들아, 너희들은 지금 어디에 있는 거니? 운동장에? 금성에? 화성에?" 남학생반에 들어가면 자신도 모르게 잔소리를 퍼붓게 되는 것이었다. 여학생들은 빨강, 파랑, 검정 같은 여러 색깔의 펜을 번갈아 바꿔가며 교과서에 정갈하게 메모를 했다. 남학생들의 교과서는 텅 비어 있거나 낙서장처럼 보였다. 여학생들의 글씨는 가지런하고 예뻤다. 남학생들은 지렁이가 지나가는 것처럼 삐뚤빼뚤 글씨를 썼다. 글자 크기나 간격도 일정하지 않았다.

남녀공학에 근무하는 것은 그 학교가 처음이었다. 눈앞에서 확연하게 드러나는 남학생과 여학생의 차이가 희숙에게는 놀라운 사건이었다. "시험을 보고 나면 더 놀라실 거예요." 남학생반과 여학생반의 평균 점수 격차가 보통 20점씩 벌어진다고 했다. "30점 넘게 차이가 날 때도 있거든요." 동료들은 별것 아니라는 듯 심드렁하게 말했다. "남학생과 여학생을 똑같은 방식으로 수업을 하고 평가하는 건 문제가 되지 않을까요?" 동료들은 그의 말뜻을 다르게 해석했다. "남학생반 힘드시지요? 선생님이 들어가시는 반이 문제가 많은 반이라서 더 그럴 거예요. 못된 녀석들이 그 반에 몰렸거든요." 마지막 학교에서는 어떤 일에도 날을 세우지 않고 현실을 평온하게 수용하기로 작정한 그였다. 남녀공학에서 벌어지는 남녀 학생의 차이쯤 큰 문제가 될 것도 없다고 생각하기로 했다. 어차피 불평등으로 이루어진 세상이었다.

남학생 문제에 눈을 감기로 하자마자 그를 뒤흔든 것은 동료 교사 김은경 선생이었다. 그 역시 그해에 전근을 와서 1학년 같은 과목을 나누어 가르치고 있었다. 희숙이 수업을 할 때 복도 쪽 창문 너머로 그가 서성이는 걸 여러 번 목격했다. 희숙의 수업을 엿듣는 것 같았지만 모른 척했다. 수업 종이 울려서 교실에 들어갔는데 그가 아이들과 이야기를 나누고 있었다. "아, 제가 1학년 생활 담당이거든요." 교실을 잘못 들어왔나, 어리둥절한 희숙을 향해 김은경 선생은 그 말을 하고 교실을 나갔다. 그의 교실 침입은 계속되었고 희숙이 수업에 들어가면 허겁지겁 뒷문으로 빠져나가기도 했다. 그는 쉬는 시간에 희숙이 담당한 학급으로 들어와서 아이들의 문제 풀이를 도와준다고 했다. 희숙은 그에게 무심하려고 노력했다. 수업 시간에 쪽지 시험을 볼 때였다. "아, 짜증 나. 뭐, 맨날 시험이야. 공부도 못 가르치면서." 여학생의 입에서 튀어나온 말이었다. 희숙은 애써 태연을 가장했다. "전에 내가 시험을 본 적 있었어? 아마 앞으로도 수업 시간 중에 시험을 치르는 일은 별로 없을 거야. 하지만 이 단원은 암기를 하지 않으면 이해를 할 수 없으니까 시험을 보는 거라고." 선생의 거친 반응을 예상하고 있던 아이들이 덤덤한 그의 태도에 어리둥절한 것 같았다. "그리고 뭐야? 내가 못 가르친다고? 나처럼 잘 가르치는 사람 별로 없을 텐데." 그는 천연덕스럽게 말했다. "김은경 선생님은 특목고에서 왔어요. 수능 출제위원까지 했대요. 선생님은 어디서 왔어요?" 아이는 당돌했다. 몇 아이들이 킥킥대고 웃었다. 남학생반에서도 노골적으로 그의 전임 학교를 들먹이면서 킬킬거린 적이 있었다. "내가 그 학교에서 왔다는 걸 어떻게 알았지?" 그때 희숙은 짐짓 능청을 떨며 물었다. "앞반 선생님이요. 그 선생님은 특목고에서 왔대요. 선생님과 급이 달라요." 꼴찌 학교에서 온 실력 없는 선생을 바라보는 아이들의 눈빛에 조롱기가 가득했다.

희숙은 줄곧 인문계 고등학교에서 근무하고 있는 친구에게 전화를 했다. "인문계 학교에서는 애들한테나 선생들한테나 무조건 잘난 척을 해야 해. 학교라는 데가 애들이나 선생들이나 점수 싸움 벌이는 곳이잖아." 선생을 하기가 점점 더 힘들어지고 있다고 친구는 불평을 늘어놓았다. "학벌 신화마저 없으면 학교는 벌써 무너졌을 거야." 그나마 대학 등급이 있어서 아이들이 선생 말을 듣는 척하고 있다고 말했다. "학교는 내신 점수를 주는 곳이고 대학에 들어가는 데 그게 필요하니까." 아이들은 학교 선생이 학원 선생보다 못하다고 믿고 있다고 했다. "학교도 학교인 걸 포기했어. 점수와 상관없는 것들은 다 없어졌거든. 요즘엔 학급별 합창대회 같은 행사를 하는 학교는 없을 거야." 친구는 합창대회는 물론 연극대회며 토론대회를 벌였던 그들의 학창 시절을 회상했다. 친구는 희숙이 학생 때 공부를 잘했다는 걸 자랑하며 다니라고 충고했다. 희숙은 친구의 조언을 따르기로 했다. 학창 시절 학업 성적이 얼마나 뛰어났었는지 아이들 앞에서 떠벌였다. 얼굴이 화끈거렸다. 그러나 꼴찌 학교 선생이라고 무시하는 아이들에게 신뢰를 주기 위해서는 어쩔 수 없는 일이라고 생각하기로 했다.

김은경 선생에 대한 아이들의 기대와 환상은 봄이 다 가기 전에 깨졌다. 아이들이 먼저 그가 사이코 선생이라고 희숙에게 일러바쳤다. 선생들 사이에서도 그가 지난 학교에서 어떤 문제로 행정 내신을 당했다는 소문이 돌았다. 그는 교재 연구를 하지 못해서 수업 진도를 나가지 못했고 기한 내에 시험 문제를 출제하지 못했다. 그를 만나러 1학년 교무실에 갔을 때 희숙은 그의 책상을 보고 그가 심각한 상태라는 걸 알았다. 책상 위로는 해묵은 참고서와 문제집과 잡다한 물품들이 산더미처럼 쌓여 있었고, 책상 아래도 발을 들일 틈조차 없이 잡동사니가 어지럽게 흩어져 있었다. 폭격을 맞은 전쟁터를 연상시키는 그의 책상이 그의 내면을 대변하고 있는 것처럼 보였다. 그는 학생이나 동료들과 자주 충돌했다. 심지어 희숙의 눈앞에서 학생과 다툼을 벌여 희숙이 말리기까지 했다. 그는 오래 유능한 선생이었을 것이다. 무엇이 그를 망가뜨렸는지, 학교의 과다한 경쟁 때문인지, 아니면 그의 신상에 무슨 문제가 있었는지는 알 수 없었다. 그가 가엾다는 생각이 앞섰다. 희숙은 그를 다정하게 대했고 그럭저럭 마찰 없이 지낼 수 있었다.

그해 2학기가 되었을 때 희숙은 드디어 큰 고통 없이 추억할 수 있는 학교를 갖게 될 것이라는 확신에 차 있었다. 명퇴 신청을 해 놓았기 때문에 그 학기만 마치면 학교를 완전히 떠나게 되어있었다. 어느 학교에서나 2학기는 1학기에 만들어 놓은 틀을 따라 굴러가기 때문에 수월한 편이었다. 그 학교로 오면서 희숙은 종종 휴일에도 학교에 나와 교재 연구를 하고 서류도 만들었다. 입시에 신경을 많이 써야 하는 인문계 학교인데다 그가 맡은 학생과 업무가 만만치 않았다. 휴일에 출근하면서 조용한 교정을 둘러보면 가슴 한구석이 아릿했다. 학생과 교무실 창문 너머로 나무들과 햇빛 가득한 운동장이 보였다. 마지막 학교가 주는 느낌은 애잔하고 쓸쓸하면서도 정겹고 대견했다.

교감을 처음 보았을 때 희숙은 자신도 모르게 고개를 갸웃했는데 선생들에게서 느껴지는 반듯하고 고지식한 모습이 보이지 않았기 때문이었다. 그러나 희숙은 그를 경계할 마음은 없었다. 교감의 횡포에 대해 구체적인 얘기를 들은 것은 전입 교사 환영회 자리에서였다. "올해도 그냥 넘어가는 거예요? 각자 개인이 휘발하지 말고 의견을 모아보자고요." 누군가 교감을 언급하면서 선생들이 뭉쳐야 한다고 말했다. 희숙 옆에 앉아 있던 선생이 교감이 갑질로 이름난 사람이라고 그에게 알려 주었다. 교감의 폭언 때문에 어느 선생은 신경 안정제를 복용하고 있고 누구는 우울증을 앓고 있다고 했다. 교감은 평교사일 때도 학생들이 투서를 올릴 만큼 문제 선생이었다고 했다. 선생들이 울분을 토로하며 교감을 성토하는 중에도 희숙은 심각하게 듣지 않았다. 여러 학교를 거치면서 수많은 교감과 교장을 겪어

낸 이력이 있는 데다 그 학교에서 그의 목표는 조용히 근무하다가 물러나는 것이기 때문이었다.

직원회의를 할 때면 교감은 야단을 치듯 잔소리를 쏟아냈다. 교감과 흡사 자매처럼 보이는 교무부장도 아랫사람 부리듯 선생들을 대했다. "교무부장 저것도 교감 승진하면 대단할 거야." 학생과 부장은 뒤에서는 정신없이 두 사람 흉을 보면서도 공식적인 자리에서는 입을 꽉 다물었다. 교장은 노상 출장 중이었는데 어쩌다 마이크를 잡아도 그럴듯하기는 하지만 무슨 말인지 종잡을 수 없는 말을 지루하게 늘어놓았다. 교장은 3년 동안 같은 말만 반복하고 있다고 했다. 선생들이 교감을 제지해 달라고 교장실로 몰려갔을 때도 쓸데없는 설교를 듣다가 진이 빠져서 물러났다고 했다.

희숙은 학생과에서 선도위원회를 담당하고 있었다. 벌점이 누적된 학생을 선도위원회에 회부를 해서 징계를 주는 게 그의 임무였다. 다달이 전교생의 벌점을 확인해서 과벌점자 명단을 작성하고 담임 의견서를 첨부해서 기안을 올려야 했다. 학년부장과 학생부장, 교무부장, 교감, 교장 수순으로 결재가 끝나면 회의를 개최하고, 회의록을 작성해서 다시 위계를 밟아 결재를 받았다. 징계 사항을 전교생이 볼 수 있도록 공고문을 학교 이곳저곳에 게시하고, 징계 결과에 맞춰 학생의 출석 정지나 정학, 퇴학을 관리하고, 외부 기관에 일일이 위탁교육을 의뢰하는 일도 그가 해야 하는 업무였다. 잡다한 서류에 짓눌릴 때면 '뭐야? 내가 면서기야? 동직원이야?' 하는 비명이 저절로 나왔지만 아름다운 은퇴를 위해서 희숙은 부지런히 잡무를 처리했다.

학생과 교무실 창밖으로 낙엽이 휴지처럼 떨어지고 있었다. 긴 교직생활이 끝을 향해 달려가고 있구나, 하는 생각을 하며 낙엽을 바라보고 있을 때였다. 교무실 문이 열리고 여학생이 들어섰다. 희숙이 수업에 들어가는 학급 학생이었다. 희숙은 아이의 이름을 부르며 무슨 일로 왔는지 다정하게 물었다. 자신이 가르치는 학생에게 특별히 더 애정이 가는 건 어쩔 수 없는 일이었다. 아이는 얼마나 울었는지 눈이 통통 붓고 빨갛게 충혈이 되었다. 처음 교단에 섰다는 젊은 기간제 남자 선생은 얼굴빛이 창백했다. 담임도 출동했다. 그가 이수진 선생이었다. 수업 시간에 그 여학생이 기간제 선생님에게 욕을 했다는 것이었다. 학생과로 오기 전에 1학년 교무실에서 한바탕 소동이 벌어졌을 터였다. 학생부장이 아이더러 진술서를 쓰라고 교무실 곁에 별도로 붙어 있는 작은 방으로 데리고 갔다.

　젊은 남자 선생은 망연자실하고 담임도 경황이 없어 보였다. 희숙은 그들을 이해했다. 공고에서 학생으로부터 씨발년, 이라는 소리를 처음 들었을 때 희숙 역시 얼마나 놀랐는지, 그 충격은 크고 오래 갔다. 그렇지만 씨발, 이라는 소리를 몇 번 들은 다음에는 재치 있게 넘길 수 있었다. 희숙은 곤경에 처한 두 젊은 선생을 위로하고 싶었다. 요즘 아이들에게 욕설은 습관처럼 자기도 모르게 튀어나오는 거라고 마음에 담을 필요가 없다고 말해주었다. 그가 전에 근무했던 학교에서는 자주 일어나던 일이었다는 말까지 덧붙였다. "저 학생에게 악의는 없었을 거예요." 하는 그의 말이 끝나기도 전에 학생부장이 "아이를 선도위원회에 넘기세요." 지시했다. 그동안 여학생이 선도위원회에 회부되는 일은 일어나지 않았다. 징계학생으로 게시판에 공고되는 학생은 전부 남학생이었다. 여학생들은 복장 위반이나 화장품 같은 걸로 벌점을 받더라도 상점으로 그 벌점을 금방 상쇄했다.

　수업 시간에 앞에 앉은 친구와 장난을 쳤는데 선생님이 떠들지 말라고 했습니다. 나는 또 떠들었습니다. 선생님이 화가 나서 나를 자로 때렸는데 자가 부러졌습니다. 내가 놀라서 선생님이 계시는데 욕을 했습니다. 욕할 생각은 없었는데 너무 놀라서 욕을 해버렸습니다. 처음에는 잘못한 게 없다고 생각했는데 생각해 보니까 잘못했습니다…

아이가 쓴 진술서를 읽으며 희숙은 픽 웃음이 나왔다. 젊은 남자 선생의 수업 시간 여학생반 교실 풍경이 눈앞에 그려졌다. 아이들은 선생님의 관심을 끌고 싶어서 곧잘 과잉 행동을 할 것이다. 그 아이는 학업 성적이 뛰어나지는 않았지만 눈에 거슬리는 행동은 하지 않는 학생이었다. 그렇지만 그 아이도 젊은 남자 선생의 수업 시간에는 태도가 달랐을 것이다.

희숙은 아이에게 아무리 화가 나도 선생님이 안 계신 곳에서 욕을 해야지 왜 그걸 내뱉었느냐고 말했다. 희숙은 가볍게 그 말을 했는데 교무실에 있던 다른 선생들이 일제히 그를 바라보는 것이었다. 학생에게 무슨 소리를 하고 있는 거냐고, 희숙을 나무라는 표정이었다. 희숙에게 학생과 근무는 그해가 처음이었다. 이전 학교에서는 상담실에서 근무했다. 상담실에서는 학생 입장에서 생각하고 대화를 해야 한다면 학생과에선 반대로 학생을 나무라고 벌을 주어야 했다. 아이에게 반성문을 쓰게 하고 사건을 종료하고 싶었지만 그 학교에서 희숙은 상담실이 아니라 학생과에 소속된 선생이었다.

그 선도위원회에 교장이 참석할 줄은 몰랐다. 1학기 때도 한 번 교장이 회의실로 들어온 적이 있었는데 학생에게 벌을 줄 때는 직선이 아니라 나선형으로 해야 한다는 그럴듯하기는 하지만 알아들을 수 없는 말을 한 마디 던졌던 기억이 났다. 희숙은 교장이 이번에는 어떤 현학적인 언어를 구사할까 궁금했다. 회의실 테이블 위에는 논문집처럼 두툼한 복사물이 놓여 있었다. 벌점에 따라 교내봉사 10일, 사회봉사, 특별교육, 출석정지 7일 같은 징계 수위를 매긴 징계 학생 18명의 명단과 그 18명 학생의 담임 의견서가 묶여 있는 그 유인물은 희숙이 만든 것이었다. 선생님에게 욕을 했던 그 여학생의 징계를 심의할 차례였다. 그 여학생의 징계란은 비어 있었다. 규정에 욕설에 대한 사항은 없기 때문이었다. 교감이 담임이 제출한 의견서를 훑어보고는 얘는 사회봉사, 하고 중징계를 내렸다. 희숙은 공란에 사회봉사라고 쓰면서도 이건 아닌데 하는 생각이 들었다. 교감이 판결을 내리는 일이 간간이 있었는데 교감의 선고에 이의를 제기하는 선생들은 없었다. 희숙 역시 늘 회의록 기록자로서의 임무에만 충실했다. 그러나 그때는 자신도 모르게 반박하는 말이 튀어나왔다. "사회봉사는 아닌 것 같아요. 잘못하다가는 1학기 때 일어난 이우빈 사건처럼 될 수도 있고요." 그 일도 교사와 학생 사이에서 발생했다. 화가 난 선생님이 학생을 때렸고 맞은 아이가 선생님에게 대들었다. 교감은 교권 침해를 사유로 들어 그 아이에게 사회봉사라는 징계를 내렸는데 학생의 어머니가 불복하면서 때린 선생님을 교육청에 고발하고 변호사까지 불러들였다. 그 사건은 시간을 끌면서 그때까지도 해결의 실마리를 찾지 못하고 있었다. 교감이나 교장이 나서야 하는데 모른 척하고 있다고 했다. 교감은 정작 나서야 할 일에는 슬그머니 발을 뺀다고 했다. 교장도 그렇다고 했다. 책임을 지는 일엔 절대로 나서지 않는다고 했다.

교장이 왜 그랬는지 모른다. 희숙의 말에 대뜸 응수를 했다. "그건 박희숙 선생님 말이 맞아요. 벌집 쑤시는 거지." 그러나 교장이 한 말은 거기까지였다. 교장은 어떤 경우에도 결정적인 말은 하지 않는 사람이라고 했다. "회의는 다음에 다시 하기로 합니다." 교감이 회의를 종료했다. 희숙은 어리둥절하다가 다른 선생들을 따라 엉거주춤 일어섰다. 학생과 교무실로 돌아오며 학생부장은 그에게 가만히 있지 왜 그랬냐고 말했다. 학생부장도 회의에서 입을 열지 않는 사람이었다. 그가 말을 하지 않는 이유는 돌아가는 상황을 제대로 파악하지 못해서라고 했다. 학생부장은 공문을 해석할 줄 몰랐고 컴퓨터도 다룰 줄 몰랐다. 실제 나이는 호적상 나이보다 세 살이나 많다고 했다. 고교 시절 공부와는 담을 쌓고 주먹으로 이름을 날렸는데 체육대학을 졸업하고 교사가 되었다. 그가 대학에 들어갈 때만 해도 예체능 계통은 대학 입학 예비고사를 거치지 않아도 입학이 가능했다. 남들이 볼 때는 억세게 운이 좋은 사람이지만 정작 본인은 재벌이 되었다는 친구를 들먹이며 신세 한탄을 쏟아냈다.

여학생으로부터 욕설을 들은 기간제 남자 선생과 담임인 이수진 선생이 아침 일찍 학생과 교무실을 찾아왔다. "부장님께 드릴 말씀이 있는데요." 남자 선생의 표정은 공손하면서도 애처로웠다. 남자 선생은 여학생의 징계를 교내 봉사로 낮춰 달라고 말했다. 그리고 여학생의 교내 봉사 지도는 자신이 책임을 지겠다는 말을 덧붙였다. 남자 선생의 얼굴은 핼쑥했다. "다음에 회의를 다시 한다니까 그때 담임이 말해 보세요." 부장은 심드렁하게 대꾸를 하고는 호루라기를 만지작거리면서 운동장으로 나갈 채비를 했다. 남자 선생과 이수진 선생은 머쓱한 얼굴로 멀뚱히 서 있다가 알겠습니다, 인사를 꾸벅하고는 발길을 돌렸다.

회의가 다시 열렸을 때 담임인 이수진 선생은 아이의 벌을 줄여달라고 말했다. 교감은 이미 결정된 사항이라고 못을 박았고 아무도 이의를 제기하지 않았다. 그런데 교감이 느닷없이 희숙을 향해 벌점 20점들이 어디로 갔냐고 문초하듯이 야단을 쳤다. 회의록을 기록하고 있던 희숙은 고개를 벌떡 들고 교감을 바라보았다. 교감이 그를 매섭게 노려보고 있었다. 큰 잘못을 저지른 죄인이 된 기분이 들었다. "규정집에는 벌점 20점 이상자들을 선도위원회에 올리게 되어있는데 여기엔 20점들이 없잖아요?" 벌점 기준을 40점으로 대폭 상향하기로 했던 게 지난 6월이었다. "20점이면 70명이 넘는데요. 밤새워서 선도위원회를 해요?" 희숙의 입에서는 자신도 모르게 큭, 웃음이 새어 나왔다. 학년부장과 담임들이 퇴근을 하지 못하고 밤새워 회의하는 모습이 상상이 되었던 것이다. 지난번에도 14명 아이들을 두고 두 시간 반 동안 회의를 했다. 저녁 6시 30분부터 시작한 회의가 밤 9시에 끝났다. "학년별로 나누어서 하면 되잖아요?" 교감이 쏘아붙였다. "수업은 안 하고 맨날 선도위원회만 해요?" 희숙은 그저 깜짝 놀랐을 뿐 악의는 눈곱만큼도 없었다. 학생부장이 그에게 눈을 끔뻑거렸다. 희숙은 입을 꾹 다물고 시선을 회의록으로 떨어뜨렸다.

수업시간에 아이들 사복 못 입게 하십시오, 업무 메신저로 전달된 교감의 명령이었다. 컴퓨터 화면으로 올라온 교감의 그 언어는 내가 너를 감시하고 있는 중, 이라고 말하고 있는 것 같았다. 방금 수업을 마친 여학생반에서 한 아이가 빨간 점퍼를 입고 있었다. 희숙은 아이가 감기에 걸렸나 보다, 하고는 무심히 지나갔다. 교감에게 꽂히면 벗어나기 힘들다는 동료들의 경험담들이 자신과 무관할 거라고 생각하지는 않았다. 그러나 희숙은 교감의 말을 곱씹으면서 부정적 감정에 머무를 여유가 없었다. 징계 학생들의 뒤처리가 그들이 벗어놓은 빨래처럼 쌓여 있었다. 회의록을 첨부해서 기안을 올리고 가정 통신문을 전달해야 하고 외부 기관에 징계 학생을 언제 받아 줄 수 있는지 문의를 하고 일일이 결재를 받아야 했다. 희숙은 수업이 없는 시간에는 눈이 빠지도록 서류에 매달리고 있었다.

면담 좀 합시다, 메신저로 교감이 다시 명령을 내렸을 때 희숙은 자동인형처럼 본교무실로 달려갔다. 희숙은 정신없이 바빴다. 오전에 교감이 여학생 사복으로 트집을 잡았던 일조차 까맣게 잊고 있었다. 징계 학생 후속 조치뿐 아니라 교재 연구도 해야 하고 수행평가도 해야 했다. 본

교무실로 달려가면서도 희숙은 일 걱정에만 사로잡혀 있었다. 본교무실은 적요했다. 창가 가림막 파티션 너머로 교감이 보였다. 그가 다가가자 교감은 자신의 회전의자 옆에 있는 조그만 원형 의자를 내밀었다. "나를 무시하는 건 좋지만 교감이라는 권위를 무시하면 안 되는 거지요?" 희숙은 영문을 알 수 없어 어리둥절했다. 교감은 훈계를 계속 늘어놓았고 희숙은 네, 네, 건성으로 고개를 끄떡였다. "수업 시간에 자는 아이는 깨우세요." 교감의 그 말은 그의 귀에 들어왔다. 그는 자는 아이를 깨우지 않았다. 수업을 방해하지는 않기 때문이었다. "내 시간 공부하기 싫으면 다른 과목 공부하라고 하세요." 내 시간 공부도 안 하고 자는 아이가 다른 공부는 합니까? 하는 생각이 들어 속으로 슬며시 웃음이 나왔지만 겉으로는 애써 진지한 표정을 지었다. 그런데 왜 자꾸 웃음이 나오는지 이유를 알 수 없었다. 그저 교감이 하는 모든 것들이 장난처럼 우스웠다. 한 귀로 듣고 한 귀로 흘려버리는 게 이런 거구나, 생각을 하고 있는데 수업이 끝나는 종이 울렸다. 복도가 시끄러워졌고 수업을 마친 선생들이 교무실로 들어오기 시작했다. 교감한테 풀려나서 기분이 좋아진 그는 학생과 교무실로 돌아오면서도 자신이 교감에게 문제 학생 취급을 당하고 있다

242

는 사실을 깨닫지 못했다.

회의록을 첨부하여 올린 기안을 교감이 반려했다. 20점 이상자들을 대상으로 선도위원회를 다시 개최하라고 했다. 그 일은 간단하지 않았다. 담임 소견서를 받는 일부터 시작해서 징계를 종결하기까지 넘어야 할 고개가 몇 굽이였다. 교감의 지시를 그대로 따르다가는 죽을 수도 있다는 생각이 들었다. 과로사로 죽는다 해도 남들은 속사정을 알지 못할 게 분명했다. 설령 죽지는 않더라고 약을 복용하고 있다는 어느 선생들처럼 병원 신세를 지게 될지도 모를 일이었다. 돌이켜 보니까 수십 년을 견뎌낸 교단이었다. 때로 소신을 굽히거나 포기하면서, 불의에 눈을 감거나 타협을 하면서, 적의를 가진 이들을 비껴가면서, 일어나는 분노를 가라앉히면서, 숱한 것에 체념을 하면서 그 세월을 버텨냈다.

커다란 괴물로 그의 앞에 서 있는 교감을 물리칠 방법을 찾아야 했다. 기회는 빨리 왔다. 사실 그 시간에서는 그게 그를 구할 기회인 줄도 몰랐다. 교감으로부터 면담 좀 합시다, 라는 메시지가 온 것은 퇴근 시간 5분 전이었다. 한 달음에 달려간 본교무실에서 교감은 20점 이상 과벌점자 명단을 컴퓨터 화면에 띄워놓고 그를 기다리고 있었다. 그

명단은 그의 지시로 오전에 희숙이 보낸 것이었다. 교감은 그에게 질문 공세를 퍼부었다. 이 아이들이 징계에서 왜 빠졌냐? 누가 빼라고 했냐? 상의는 했냐? 왜 마음대로 했냐? 교감을 뭐로 아냐? 교감은 대답할 틈을 주지 않고 연신 질문을 퍼부었다. "그렇게 하기로 했잖아요. 생각이 안 나요? 그래서 뭐요? 나더러 어쩌라고요?" 그 순간 희숙은 자신도 모르게 악을 쓰고 있었다. "조용히 하세요. 여기 교무실이에요." 옆에 있던 교무주임이 소리를 질렀다. "이거 다 해 놓고 퇴근하세요." 교감은 의기양양하게 목소리를 높였다. "지금이 몇 신데 무얼 해 놓고 가요? 지금껏 교감 선생님이 하라는 거 다 했는데 뭐가 부족한 거지요? 지금이 몇 시냐고요?" 희숙은 목청껏 소리를 질렀다. 본교무실에 있던 선생들의 눈이 일제히 그들에게 쏠렸다. "이게 무슨 짓이에요. 여기가 어딘 줄 알고." 교무주임이 나무라는 소리가 들렸지만 희숙은 살아야 한다는 생각뿐이었다. "나는 20점 이상 벌점자 추가 선도위원회 안 합니다. 미쳤어요. 절대 안 해요." 악을 쓰고는 본교무실을 나왔다. 마지막 직장 생활을 아름답고 우아하게 마치리라, 는 그의 계획은 수포로 돌아갔다.

동료 선생들이 희숙을 응원하고 있다고 했다. 업무 메신저로 희숙을 격려하는 글들이 종일 떠올랐다. 본교무실 샘들이 열렬히 박수를 보냈다는 거 아시지요? 교감과 시원하게 한판 붙으셨다고요. 감사합니다. 학년 샘들은 소식 듣고 속이 시원하다는 반응이었습니다. 교감의 몰지각한 행동에 대해 본인에게 몇 번 정식으로 문제를 제기하고 자숙을 부탁드렸는데 별다른 변화가 없었어요. 잘하셨습니다. 많은 분이 겪고 있는 고충이니 혼자 힘들어하지 말고 함께하세요. 장문의 위로 메시지를 보내 온 이도 있었다. 희숙이 교직원 식당에 갔을 때 동료들이 몰려왔다. 모두들 고마워하고 있다고, 기왕 나선 김에 교감을 교육청에 고발해 주기를 바란다고, 그렇게 해서 교감의 못된 버릇을 고쳐 주기를 기대한다고, 저마다 떠들었다. 교감은 평교사일 때도 학생들과 불화가 심했다고 했다. 교감은 수업하는 게 싫고 아이들이 지겨워서 교감이 된 사람이라고 했다. 교감이 된 사유도 이 세상 모든 일이 그런 것처럼 매우 다양한 법이다. 희숙은 소리 내어 웃었다. 교감은 자기가 살기 위해서 교감이 되었을 거예요, 나도 내가 살기 위해서 그랬어요, 내가 교감에게 소리를 지른 건 내가 살기 위해서였다고요, 교감이 요구하는 대로 했다가는 아무래도 내가 죽을 것 같았어요, 희숙은 거기까지만 말했다. 나에게는 여러분을 도울 의향도, 용기도, 힘도 없습니다, 라는 말은 입 밖으로 꺼내지 않았다. 학생과 교무실로 희숙을 찾아와 교감을 징계하는 일에 나서 달라고 정중하게 부탁을 하는 이도 있었다.

버스 안이 추웠다. 희숙은 손을 뻗어 찬바람이 뿜어져 나오는 에어컨 구멍을 돌려막았다. 그해 12월 12일에 마지막 선도위원회를 했다. 희숙이 그 날짜를 기억하는 건 그날이 역사적인 날이기도 하기 때문이었다. 교감은 교육청 출장 때문에 회의에 참석하지 못한다고 했다. 교감 대신 교장이 참석했다. 교장은 습관대로 원론적인 이야기를 길게 늘어놓았다. 맨날 이런 식으로 벌은 주어서 뭐하나? 교사들의 패러다임이 바뀌어야 하는데 참 답답하다, 하고 말했다. 선생들이 볼 때는 교장이 답답한데 교장은 늘 선생들이 답답하다고 했다. 지루하게 이어지는 교장의 연설을 희숙이 에둘러 막아냈다. 희숙은 여학생의 징계를 언급했다. 담임 선생님 의견을 듣겠습니다, 하는 희숙의 말에 이수진 선생이 교내봉사로 충분한 것 같다고 말했다. 학년부장이 재빨리 자기도 담임 의견에 동의한다고 했다. 아이의 징계는 그대로 결정되었다. 희숙은 두 달 뒤 학교를 떠났다. 8개의 학교에서 그는 모조리 실패한 선생이 되고 말

왔다. 버스 차창으로 보이는 거리는 한산했다. 한여름 뙤
약볕 아래 가로수가 보도 위에 짙은 그림자를 만들고 있었
다. 버스 안내방송에서 그가 내려야 할 정류장이 흘러나왔
다. 희숙은 엉거주춤 일어서면서 가방에서 망가진 핸드폰
을 꺼냈다. 버려야 할 핸드폰이었다.

서 해 먼 섬

최임순 지음

발행처	도서출판 **청어**
발행인	이영철
영업	이동호
홍보	천성래
기획	남기환
편집	방세화
디자인	이수빈 ǀ 김영은
제작이사	공병한
인쇄	두리터

등록   1999년 5월 3일
(제321-3210000251001999000063호)

1판 1쇄 발행   2023년 8월 20일

주소	서울특별시 서초구 남부순환로 364길 8-15 동일빌딩 2층
대표전화	02-586-0477
팩시밀리	0303-0942-0478
홈페이지	www.chungeobook.com
E-mail	ppi20@hanmail.net
ISBN	979-11-6855-174-9 (03810)

이 책의 저작권은 저자와 도서출판 청어에 있습니다.
무단 전재 및 복제를 금합니다.

본 도서는 인천광역시와 (재)인천문화재단의 후원을 받아
'2023 예술창작지원사업'으로 선정되어 발간되었습니다.